COLEÇÃO MUNDO AFORA

Irene Solà
Te dei olhos e olhaste as trevas

TRADUÇÃO
Luis Reyes Gil

*mundaréu

©Editora Mundaréu Ltda. (esta edição e tradução), 2024
© Irene Solà, 2023

Publicado por acordo com Casanovas & Lynch Literary Agency.
Primeira edição ©Editorial Anagrama, S.A., Barcelona, 2023

TÍTULO ORIGINAL
Et vaig donar ulls i vas mirar les tenebres

TRADUZIDO DO CATALÃO POR
Luis Reyes Gil

EDIÇÃO
Silvia Naschenveng

CAPA
Estúdio Pavio (a partir da ilustração "Almas del Purgatorio consoladas con una ofrenda", ©Photo The Morgan Library & Museum / Art Resource, NY / Scala, Florence, 2023).

DIAGRAMAÇÃO
Luís Otávio Ferreira

PREPARAÇÃO
Marina Waquil

REVISÃO
Vinicius Barbosa

A tradução desta obra contou com o apoio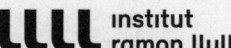

Edição conforme o Acordo Ortográfico da Língua Portuguesa (1990).

Dados Internacionais de Catalogação na Publicação (CIP)
(Câmara Brasileira do Livro, SP, Brasil)
Eliete Marques da Silva - Bibliotecária - CRB-8/9380

    Solà, Irene
       Te dei olhos e olhaste as trevas / Irene Solà ; tradução Luis Reyes Gil. -- São Paulo : Editora Mundaréu, 2024.
       Título original: Et vaig donar ulls i vas mirar les tenebres.
       ISBN 978-65-87955-27-8
    1. Ficção catalã I. Título.

24-228345   CDD-849.93

Índices para catálogo sistemático: 1. Ficção : Literatura catalã 849.93

1a edição, 2024; reimpressão, 2025.
Todos os direitos desta edição reservados à
EDITORA MUNDARÉU LTDA.
São Paulo — SP

🌐 editoramundareu.com.br
✉ vendas@editoramundareu.com.br
📷 editoramundareu

Sumário

9	MADRUGADA
33	MANHÃ
53	MEIO-DIA
75	TARDE
93	ANOITECER
111	NOITE
155	NOTA DA AUTORA
159	AGRADECIMENTOS

Para Oscar

MADRUGADA

gonosznak látszott, pedig csak öreg volt[1]
Anna T. Szabó

A escuridão era roxa e movediça, opaca, grená, e também azul, fremente, mosqueada, cega, espessa, funda e brilhante ao mesmo tempo. Estava infestada de vermes, de galhos, de tremores, de nervuras, de nódoas. As manchas, indiscerníveis, eram as paredes abauladas de um aposento, o teto, uma cama, uma mesinha de cabeceira, uma cômoda, uma porta e uma janela. As trevas crepitavam. Agitavam-se, murmuravam. Roncavam. O ronco era nasal, amortecido e áspero. Rangia, engolia e sufocava. A fonte do bramido era a cama, o vulto que dormia no meio. Uma mulher velha. Corpulenta. A Bernadeta estava de olhos fechados, pálpebras de lagartixa, sem cílios, a boca aberta, os lábios lilás esmaecidos, os cabelos sebosos e compridos, espalhados pelo travesseiro. Era feia. Ou assim achava a outra mulher, a Margarida, sentada ao seu lado numa cadeira de vime, com as mãos juntas no regaço, girando os polegares.

---

[1] parecia malvada, mas era apenas velha. [N.T.]

Na cama, a Bernadeta aspirou uma lufada brusca de ar, abandonou pela metade o ronco abafado e parou de respirar. Lá fora ouviu-se o canto de uma coruja e depois, silêncio. A Margarida parou os polegares. Esticou o pescoço, observou a velha e, por um momento, pensou que ela já tinha ido. Que havia chegado a hora. Mas o abismo escuro da boca da Bernadeta suspirou, inalou e retomou a ronqueira. E a Margarida voltou a se recostar na cadeira e continuou girando os dedos. Era uma velha desmilinguida, com cabeça de pardal, olhos severos, boca inflexível, bochechas magras, pescoço enxuto e ombros caídos. E rezava. A noite inteira rezando, coitada da Margarida. Porque o Senhor ordena que você reze e faça rezarem. Mas como a Margarida não podia fazer rezarem, porque a língua das suas parentas, as que tinham língua, era um troço incapaz de dizer algo de bom, então rezava ela. Na esperança de que, se rezasse muito, cedo ou tarde Deus iria ouvi-la. E conseguiria distingui-la no meio de tantos pecados e tantas pecadoras. Iria acolhê-la em seus braços de pai e diria que não deveria tê-la desamparado nunca, "filhinha", que a Margarida era boa e era santa e que estava perdoada. Perdoada das coisas que havia feito, e das que haviam feito as outras.

Primeiro rezava pelos ausentes. Pelos que tinham partido e não tinham voltado. Pelo seu homem, Francesc. Pelos seus filhos, Bartomeu, Esteve e Raposa. E pelo seu pai, Bernadí. Mas não rezava pelo Martí, o Suave, nem pelo Martí, o Manco, porque não tinham nada a ver com ela. Depois pelas mulheres da casa. Pela sua mãe, Joana, embora fosse ruim, e pela sua irmã Blanca, embora fosse uma desencaminhada. Pela sua sobrinha Àngela, mesmo sendo um desperdício rezar pela Àngela, e também por sua sobrinha-neta, a Dolça, embora ela devesse apodrecer no inferno para que a ouvissem gritando sob as pedras por ser filha de quem era. E até por Elisabet rezava, embora nem fosse sua parenta, porque cada pai-nosso que rezava por Elisabet contava por três. Pela Bernadeta também rezava.

Mas vigiava sobretudo a velha, que dormia como uma fruta podre caída da árvore. Porque quando a Bernadeta morresse, a Margarida queria estar ali. E queria ver. Queria ver como a graça e a salvação divinas lhe eram negadas, por ela ter se imiscuído tantas vezes com o diabo.

A Margarida aguardava a morte com expectativa. A própria. Imaginara sua passagem como um lampejo luminoso, um espasmo de glória, um gozo definitivo, um êxtase sufocante ao som dos alaúdes e trombetas de um círculo de anjos. Aleluia! Louvados sejam os desígnios do Altíssimo! Louvado seja Nosso Criador! Imaginara isso tantas vezes que era como se tivesse acontecido. As portas do Céu, como se abriam à sua passagem. Os querubins cantando. Tinham as bocas rosadas, os lábios carnudos, as bochechas aveludadas, os olhos úmidos de júbilo. Iam descalços e vestiam coroas de ouro e túnicas de seda amarradas na altura do peito com fios que também eram de ouro. No meio dos anjos estava Nosso Senhor. Nosso Senhor, que tinha um rosto que se confundia com o do Francesc, com uma covinha no meio do queixo, e as mãos ásperas e cheias de anéis, que seguravam o rosto dela para beijá-la, como seu homem a beijara no dia em que se casaram. "Bem-vinda à Glória", dizia Ele. E então, quando em meio à luz fulgurante criada pela alegria Margarida voltava a distinguir a boca do Senhor diante dela, os olhos do Senhor como duas colheres, Ele a olhava tão de perto, tão rente, que via todas as coisas que a pobre mulher ainda tivera de viver a mais, e chorava lágrimas que pareciam de leite.

Mas que pena!, meninas, que decepção. Porque quando Margarida morreu, com as mãos juntas, as unhas, primeiro rosadas, depois brancas, a boca aberta e os olhos enevoados que já vislumbravam alegrias eternas, toda ela preparada, arquejante, desejosa e entregue, não houve nem querubins, nem trombetas, nem lampejos luminosos, nem espasmos de glória, nem gozos definitivos, nem êxtases sufocantes. Apenas uma corriola de mulheres sujas e mal-encaradas. Grotescas e ordinárias. Isso mesmo. Tão triste quanto soa. Porque quando o coração pequeno, três quartos, da Margarida disse, chega!, desfalecido, feito um nó, acabou, fui!, suas parentas a rodearam. E em vez do Céu e dos anjos e das mãos de Deus enxugando-lhe as bochechas, sua mãe Joana, como uma égua desdentada, sua irmã Blanca, que foi a única que lhe alegrou um pouco ver, e mesmo assim não muito, sua sobrinha Àngela, cuja expressão de javali a morte conservara, e a Elisabet, que, se a Margarida não estivesse com os sentidos tão fracos e aturdidos, lhe teria arrancado todos os cabelos da cabeça, todas elas a rodearam. Mas estavam mortas! As quatro. Santa Mãe de Deus, sim, porque algumas já haviam morrido há anos. Almas condenadas! A Margarida se revirava, incapaz de dizer nada, de tão apavorada. Mas não importava, ninguém a teria ouvido, porque suas parentas gritavam "Margarida, Margarida, MARGARIDA!", enquanto a levantavam pelas axilas e riam, e sua mãe sorria para ela mostrando as falhas dos dentes e dizia "Bem-vinda, Margarida, bem-vinda!", como se fosse o próprio demônio abrindo-lhe as portas do inferno. A pobre Margarida, ainda morna, olhou-as com os olhos como dois pinhões, horripilantes como estavam, assustadoras!, mais feias ainda do que como as recordava, e achou que estava sonhando, que não era possível, não tinha morrido, não era assim, de jeito nenhum, não, não, não, por favor, Senhor, por favor, pelo amor de Deus, pela Virgem e por todos os santos e todos os anjos.

Se fosse pela Margarida, quando a Bernadeta morresse, porque não devia faltar muito, não fariam festa nenhuma. Tudo o que suas parentas preguiçosas pensavam e diziam ultimamente, que os talheres isso, que o cabrito aquilo, que as taças de pé azul, os bolinhos ou a *sosenga*[2], tudo tinha a ver com a festa, com a festa, com a festa e só com a maldita festa. A Joana, sentada na cozinha, enfiada no seu canto, ficava só mandando, traga aqui, leve ali, faça isso, faça aquilo, e as mulheres perambulavam pela casa, em conchavo. Se fosse pela Margarida, quando a velha morresse, organizariam uma recepção sóbria, austera, respeitosa e serena. Não como a sua.

E como chorava. Como chorava a pobre Margarida quando, em vez de subir ao Céu e ser recebida pelo pastor de almas, foi arrastada escada abaixo, embora por ela podiam até tê-la feito rolar lá de cima, por aquelas mulheronas da casa, insistentes, que viviam cutucando feridas. Foi levada até a cozinha, e a puseram sentada à mesa posta, com pratos, copos e caçarolas. E abriam a boca e bebiam e comiam e falavam aos berros e batiam palmas e brindavam e celebravam e ficavam em pé, esticavam o pescoço e erguiam os braços. O prato repulsivo que colocaram na frente dela se encheu de lágrimas. Como uma sopa. Mas nenhuma de suas parentas se dignou a consolá-la. Nenhuma. Nem sua mãe. A mãe que a arrancara de dentro de suas entranhas. E que era só deboche e gritaria, e bebia e contava casos e dava pancadas na mesa com a bunda, a mãe dela. Só excitação e farra, a Joana. Trepara em cima do banco. A Margarida a olhava, amedrontada. As outras gritavam e atiçavam. Dançava! Como se não tivesse memória ou quisesse espantá-la. Como se não lembrasse o que não queria lembrar. Como se naquela cozinha horripilante, cheia de fantasmas, as coisas passadas não importassem mais. Vidas inteiras. As filhas e as mães.

[2] *Sosenga* é uma fritura típica da Catalunha, parte do receituário medieval, que se acredita ter cerca de oito séculos de antiguidade. [N.T.]

A casa rangeu como se seus ossos estalassem. Depois houve um longo silêncio, interrompido pela coruja lá fora, seguido por mais silêncio. A noite se enroscara dentro do casarão como um predador, e as sombras passeavam sem pés pela casa. Cada canto tinha um negror próprio, pesado, cavernoso e profundo. Os aposentos onde a Bernadeta dormia eram tétricos. A sala era tenebrosa. As escadas pareciam um poço. A entrada era sinistra. A cozinha era a boca de um lobo. Sem fundo. As paredes, a lareira, a janela, a mesa, as cadeiras, a pia, não dava para ver nada. Como se não existissem. Como se não houvesse cozinha, nem casarão. Só escuridão. Joana sentada no seu banco. Era uma mulher muito velha. Tinha cara de cavalo, um olho mais aberto que o outro, cabelo grisalho e desalinhado, como uma crina, braços grossos, barriga larga. Aquele era o lugar dela. O banco junto ao fogo, mesmo que agora a lareira nunca fosse acesa.

Joana se casara como o herdeiro do Mas[3] Clavell, em Sant Miquel dels Barretons, há mais anos do que era possível contar. A cerimônia havia sido simples, austera, e realizada no meio da manhã, para que os noivos tivessem tempo de chegar em casa antes do anoitecer. Marido e mulher haviam se enfiado por trilhas escabrosas e caminhos estreitos, escarpados, com todos os tons de verde. Atravessaram serras, passagens, barrancos, desfiladeiros, riachos e depressões frondosas e úmidas, entre faias e choupos, bétulas e avelaneiras, carvalhos, olmos e medronheiros, que se adensavam e espremiam como um abraço sufocante, até que a luz caía sobre as roupas dos recém-casados como um punhado de moedas extraviadas. A Joana e o Bernadí avançavam por aquelas montanhas inóspitas e emaranhadas o dia inteiro, e só paravam quando encontravam oratórios. O Bernadí abaixava a cabeça,

---

3 *Mas* (*masía* em espanhol) é uma espécie de chácara ou casa de fazenda, uma construção rural, normalmente com um casarão residencial, rodeado por hortas, cultivos e instalações para criar animais e armazenar implementos. [N.T.]

apertava os olhos e pedia ao Senhor que não deixasse que o caminho deles cruzasse com o de lobos e malfeitores. Joana se aproximava dele e juntava as palmas, mas não rezava. Fitava-o. Porque já estavam casados, mas fazia só três dias que se conheciam, e ela mal pusera os olhos nele. Observava as mãos roxas cheias de calos, os dedos como linguiças, o cangote peludo, as costas desmesuradas, o nariz como um nabo, a testa toda franzida e a barba espessa, que trepava pelas bochechas feito um arbusto, até as sobrancelhas. Mas as preces do Bernadí foram em vão, Joana mal teve tempo de concluir que seu marido parecia um varrão, porque depois do meio-dia os bichos ruins desataram a cantar. Faziam o sangue gelar nas veias. Cada uivo era uma adaga fria que descia pelas costas até o ventre; se você não respirasse não te furava, só remexia a comida em seu estômago. E o Bernadí, que já os pressentia há um tempo e espreitava ansioso os tons de verde e azul entre as árvores e os movimentos repentinos dos galhos, maldisse e cuspiu. Ia na frente, enquanto a Joana o observava desconcertada, porque ele dava chutes nas pedras e nas árvores e, sem parar de andar, girava o pé esquerdo como se não fosse dele e o arrastava pelo chão com violência. Ainda não haviam dado nem cem passos subindo desde que os bichos haviam começado a uivar quando, rangendo os dentes, o Bernadí se lançou de joelhos sob aquele matagal hostil, e de dentro da alpargata tirou um pé cinza, de unhas grossas e amarelas, que coçou e coçou com vontade. E então Joana viu. Santa Luzia! Mãe de Deus! O Bernadí tinha um pé peludo e fedido, com apenas quatro dedos. Quatro apenas! O coração da Joana quase saiu pela boca de tanta alegria. E a duras penas ela conseguiu resistir ao impulso de se ajoelhar e encher aquele casco de beijos, tal como Maria Madalena. Mas então o Bernadí se acalmou. Calçou o pé avermelhado e esfolado, e marido e mulher continuaram andando, com o cair da tarde e o alarido dos bichos em seu encalço.

Antes de chegar ao Mas Clavell, o Bernadí, taciturno e pragmático, disse que na casa dele eram cinco irmãos, mas que os outros quatro tinham sido arrebatados pelas feras. Primeiro elas comeram as ovelhas. E quando não sobraram ovelhas, se enfiaram na casa, e com exceção de um braço e um pedaço da cabeça da menina, devoraram seus irmãos todinhos. E o Bernadí, que era o mais grandalhão, debateu-se como um doido, gritou feito um condenado, e não foi comido pelos lobos. Eles deviam ter achado que daria muito trabalho. Arrancaram apenas o mindinho do pé esquerdo dele com uma mordida desajeitada. E, em vez do mindinho, ele tinha agora no pé uma cicatriz branca, brilhante e protuberante que coçava feito o diabo quando ele ouvia lobos uivando.

A mãe do Bernadí adoeceu depois que os lobos devoraram quatro dos seus filhos como se fossem frangos. Inchou. Primeiro os pés, arroxeados. Depois os joelhos, pretos. Em seguida a barriga, como um pássaro caído do ninho. E morreu. E quando as feras, como se entendessem de afrontas e injúrias, a desenterraram da sepultura e lhe comeram o rosto e as mãos, o Bernadí e seu pai, que haviam ficado sozinhos, exclamaram, agora chega dessa história! E iniciaram uma guerra. Encomendaram-se a são Defensor, a são Brás Glorioso, a são Paulo, a santa Ágata e a santo Antônio, guardai-nos do mal e do demônio, do lobo e do cão e de todo bicho ruim, e se meteram a procurar tocas. Que ficam sempre voltadas para o sul e à beira-d'água. E a destripar filhotes. Que mamam até os vinte e cinco dias. E se puseram a fazer laços com nós corrediços sobre a armadilha. Colocavam uma presa na ponta de uma tábua à beira de um precipício. Firmavam a tábua com uma pedra, coberta com ramagens. E o bicho, quando subia ali para pegar comida, despencava. Armavam flechas de duas em duas, com crina de égua. Amarravam seis ou sete, enfileiradas, torciam-nas, uma num sentido, a outra no sentido oposto, e quando estavam bem pontudas, enfiavam-nas dentro de um pedaço de carne pequeno o suficiente para ser engolido de uma vez. Espalhavam um pouco da carne aqui e ali, e os lobos a engoliam da armadilha sem mastigar. Ao digeri-la, os engodos se abriam, atravancavam e furavam as tripas do bicho.

Nos anos bons, na fronteira de Dosrius[4], pai e filho caçavam os lobos de oito em oito. Em Vilamajor, de sete em sete. Perto de Sant Hilari, meia dúzia por vez. Em Espinelves e em Viladrau, capturavam as lobas maiores; ao pé das montanhas Agudes, as ninhadas mais numerosas, e em Sant Sadurní d'Osormort, e em Sant Celoni, e em Vilanova de Sau e Rupit i Folgueroles, matavam tantos que perdiam a conta. O Bernadí e seu pai localizavam os animais e avisavam as casas envolvidas, que então congregavam as pessoas das redondezas e, a um sinal do mestre-lobeiro, que era o velho, gritavam e batiam ferros para fechar o círculo da batida e conduzir os lobos até as veredas, poços e barrancos onde os atiravam. Onde os matavam a golpes de pedras, dardos, fundas, azagaias ou forcados de lobo, onde os esfolavam vivos ou entregavam aos cães para serem destroçados. O pai do Bernadí gostava das batidas. Pela companhia, e pelos gritos e risadas dos homens, e pelo terror e pelos ganidos dos lobos diante da turba. Mas um dia, perto de Seva, uma fera encurralada se atirou sobre o velho e lhe mordeu o rosto, de tal maneira que, quando mataram o bicho, este ainda tinha o focinho aferrado à boca do homem. Como se estivessem se beijando. O velho ficou com a mandíbula destroçada e as bochechas furadas, e mal conseguia engolir, mas não demorou para que isso não lhe fizesse mais falta. Porque a loba tinha raiva. E ele, ao contrair a doença, ficou com aversão a comida e água. Primeiro se queixou de dor de cabeça. Depois os músculos de seu rosto passa-

---

[4] Dosrius ("dois rios") é um pequeno município na província de Barcelona, assim como os citados em seguida no trecho. [N.T.]

ram a se mexer sozinhos, e dava para ver seus dentes pelos orifícios das bochechas. Então começou a se retorcer. Depois entrou em convulsão. Soltava espuma pelo nariz e pela boca. E o Bernadí pensou, e sentiu calafrios, que se ele também fosse pego, se as feras traiçoeiras o atacassem pelas costas e o comessem em alguma caverna, teriam vencido a batalha. Abreviou o sofrimento do pai e correu até o povoado mais próximo, que era Seva, para procurar uma mulher com quem se casar.

A Joana, que transpirava e bufava acompanhando as passadas nervosas do noivo, pensou no quanto havia esperado por ele! Sim, havia esperado. E como! Porque a Joana já pedira um homem de todas as formas que é possível pedir um homem. E ele não vinha. Havia pedido a Deus e à Virgem e a santo Antônio, mas eles não a ouviam. Até que a Cambeta, uma velha que fazia serviços com ela em Seva, que só comia sopa de pão com leite por não ter nenhum dente — e Joana não queria ser como a Cambeta, olhava para ela e pensava, meu bom Deus, como a Cambeta, não, por favor, sozinha e velha e sem dentes, tomando sopa de pão com leite —, e a velha lhe perguntou, "Tá chorando por que, criatura?". Joana respondeu que chorava porque tinha cara de cavalo. Cara de égua. E depois de dizer isso chorou ainda mais, porque Deus e a Virgem e santo Antônio lhe haviam virado as costas e deixado que espichasse como uma alface, sem encontrar um casadoiro que a quisesse. Mas a Cambeta arriscou, "Se Um não te ouve, por que não pede ao Outro?". Joana respondeu com um fiozinho de voz que não sabia como fazer para pedir alguma coisa ao Outro. A Cambeta se prontificou. Disse que, se Joana quisesse, podia explicar como era. Disse que, se ela pedisse apenas uma coisa, era melhor ir sozinha, de madrugada. Que tinha que matar um gato. Nem muito pequeno nem muito grande. Médio. E enfiar uma fava dentro de cada olho dele, uma fava na boca e uma fava no ânus. E que tinha que enterrar o bicho, e sobre o montículo tinha que desenhar uma cruz, e aí mijar em cima da cruz. Então viria o demônio e ela poderia pedir o que tivesse que pedir.

A Joana o viu enquanto sacudia as ancas para secar o mijo. Entre as árvores. Primeiro os olhos. Porque cintilavam. Depois a mancha que era o pescoço grosso e a corcunda e as costas. E então o touro. Porque era um touro. Imponente. Preto inteiro ele, como a coisa mais preta que houvesse. Os chifres eram pretos, a carne dentro dos olhos era preta, pretos os cílios; as orelhas; pretos o focinho cheio de muco, a fronte cheia de redemoinhos, o pescoço cheio de veias, as patas, os cascos, a barriga e o lombo, as partes pudendas; pretos. Tão escuro que a noite parecia clara. E ele se aproximou. Seu pelo brilhava como se fosse água. Exalava vapor e fedia como se a água estivesse suja ou parada. Era um fedor vivo, que agredia. Joana soltou a saia e ficou em pé. O touro perguntou, com uma voz mais doce e melancólica do que seria possível imaginar, "O que queres, boa infanta?". Joana respondeu como um passarinho cantando, "Quero um homem inteiro", disse, "que seja herdeiro e tenha um pedaço de terra e um teto". O demônio aceitou o trato. A alma da Joana em troca de casá-la. Depois foi embora, sob uma lua finíssima, à procura de alguma vaca. No dia seguinte, o Bernadí Clavell pediu a mão da Joana em casamento.

O Bernadí preferia o engenho à força bruta. O silêncio. A solidão. Quando seu pai morreu, caçava as feras com cepos e arapucas, que tinham braços cheios de pregos e pontas e se fechavam de repente. Mergulhava-os em suco de esterco para que as feras espertas não sentissem o cheiro do ferro e de gente. E seguia rastros e procurava fezes. As montanhas estavam cheias de fezes. As da fuinha, que cagava pelas trilhas, indiscriminadamente; — as fêmeas, cagalhõezinhos finos, os machos, grossos. As da gineta, que evacuava nas fendas das rochas, fazendo montinhos sempre no mesmo lugar. As do texugo, que escavava latrinas. As da raposa, que cagava onde queria. Se ele pegasse algum desses bichos, também o matava. Com delicadeza. Punha o pé no pescoço deles, apertava as suas costelas e os asfixiava. As ginetas e as fuinhas deixavam-se capturar tranquilamente e morriam logo. Com os texugos e as raposas precisava ser mais paciente, esperar um bom tempo, até que se asfixiassem. Depois de matá-los, tirava-lhes os ossos, a carne e as vísceras pela boca, sem fazer nenhum corte. Enchia-os com feno dos bosques, até ficarem tesos e sem rugas, e então os vendia quando descia até os povoados.

Os lobos, ele não precisava matar com bons modos. Esses cagavam por toda parte. Bem no meio. Como um sinal. Nas encruzilhadas dos caminhos, em cima das rochas. Para serem vistos. Para serem reconhecidos. Os muito malditos sabiam como tinham que atacar cada coisa; as ovelhas pelo pescoço, os porcos pela barriga, as vacas pelas tetas, porque assim se agachavam; os cavalos e os asnos do jeito que desse, porque davam coices com as patas traseiras, e era melhor perseguir os burricos. Os pequenos pela cabeça. E caso encontrassem uma fêmea que recém tivesse parido, sabiam que tinham que puxar a bolsa e o cordão, para abrir feridas dentro. Quando acabavam de matar, cagavam mole, líquido e escuro, porque primeiro devoravam o sangue e as vísceras, que tingiam a merda de preto, e quando limpavam a carcaça faziam uns cocôs brancos, peludos e secos. Os demônios daquelas montanhas, Bernadí matava sem escrúpulos.

Por um lobo ou uma loba lhe pagavam cinco moedas. Por uma ninhada, mais cinco. E depois de pagar, davam-lhe um certificado, com selo, para que pudesse ir feliz da vida fazer a coleta pelas vilas. "Aqui está o traidor que esvaziava seu curral. Esse era o bicho ruim que fazia tanto mal a vocês e degolava a criação. Doem o que quiserem doar." As pessoas lhe davam de presente frutas secas e tortas, e o homem voltava para o Mas Clavell com as mãos cheias de cortes, um saco de moedas e outro de guloseimas. Sentava-se à mesa faminto, como se não tivesse comido nada desde que saíra de casa, e devorava a comida que Joana lhe punha na frente, elogiando-a com sons guturais, a cara rente ao prato e os olhos embaçados pelo vapor. O caldo do ensopado escorria por sua barba, seus dedos e cotovelos, e quando terminava, com as forças recuperadas, abraçava a mulher com as mãos oleosas. E Joana, debaixo daquele pinheiro de homem, descobria um cogumelo silvestre como não havia outro. Um cogumelo que enchia a mão dela inteira. E que ela acariciava com delicadeza, para não quebrar sua haste, frágil como manteiga. Porque Bernadí era feio como um varrão, isso ela podia dizer, mas que cogumelo! Mãezinha do céu, que cogumelo. Aveludado e rígido e bonito de endoidecer. Vermelho e branco e brilhante de orvalho. Como se todo o requinte, toda a beleza, toda a alegria tivessem se escondido ali embaixo, em forma de chapéu, anel, esporos e pé, enfiado como uma raiz na terra escura. Cogumelo, quem foi que te plantou? A Virgem Maria com cinco dedos e até aqui me trouxe!

Na segunda vez, o demônio se apresentou com aparência de homem. Numa noite encoberta, foi até o casarão para acertar as contas. Mas Joana gostava tanto daquela casa, que era como a concha para um caracol, como um corpo para uma alma, que foi como se olhasse para ele de dentro de uma couraça, de trás de uma muralha. Era um homem feio, macilento, calvo, com o rosto branco e a boca grande. E fedia tanto quanto o touro, mas dessa vez, na fedentina, Joana também distinguiu vestígios de cabra, de bunda e de fogueira. Não o convidou para entrar. O demônio a cumprimentou com voz delicada e pomposa, "Que tenhais uma ótima noite, boa infanta". Ela não o cumprimentou. Foi logo disparando, "O Bernadí não é um homem inteiro". Mas o bicho ruim parecia não entender, e Joana precisou explicar, "Pedi um homem *inteiro*, que fosse herdeiro e tivesse um pedaço de terra e um teto, mas o Bernadí não é um homem inteiro". O grande assador a olhava incrédulo. Joana emendou: "Ele não tem o mindinho do pé esquerdo". Em seguida, ouviu-se um fragor e um estrondo terrível, e por quatro dias choveu a cântaros. Com o aguaceiro, desabaram as pontes de Sau, Querós, Sallent e Susqueda.

Joana não pensou mais no demônio, convencida de tê-lo engambelado, até que nasceu a herdeira. Margarida. Que foi uma criança magricela, de olhar sério e reprovador, o peito azul, assustado e frenético. Joana grudava uma orelha nas costelas dela e estremecia. Porque mesmo que não fosse visível, se você escutasse com atenção percebia; a criança tinha um problema no coração. Faltava um pedaço. Não é dizer que Margarida fosse de mau coração. Não. Nem que tivesse um coração frágil. Também não. É que seu coração era pequeno, duro, fibroso. Difícil de mastigar. Raivoso. De lebre. Depois de Margarida, Joana deu à luz Blanca, que nasceu sem língua. A boca era como um ninho vazio. E Joana voltou a sentir o ferrão da suspeita, mas não ligou as coisas. Depois veio Esperança. Sua Esperança, pequena, tadinha, que nasceu sem fígado e morreu amarela como um pintinho. E parecia uma coisa impossível de fazer, abandonar aquele fardo, sozinho, de noite e escondido, num buraco frio e escuro na terra, perto do muro de Sant Miquel dels Barretons, para que assim ficasse perto de Deus. Mas Joana ainda não queria acreditar. E então teve o herdeiro. Teriam lhe posto Bernadí, como o pai, não fosse porque nasceu sem o orifício de trás e morreu, abarrotado como uma linguiça. Com as carnes duras e roxas. E enquanto Bernadí levava aquele segundo fardo a Sant Miquel, Joana caiu em si. Entendeu. Compreendeu que tudo tem seu preço. E que o preço é alto demais, sempre. E que depois do trato que fizera e desfizera com o demônio, em razão do dedo mindinho do pé que seu marido não tinha mais, toda a sua progênie nasceu com alguma coisa faltando. Olhou para a casa, para o marido, para a filha séria, para a filha muda, e pensou que era bem mais do que tinha a Cambeta. E à base de salgueiro, hera, raízes de avelaneira, poejo e cânhamo, estancou aquele fluxo de parir crianças ainda cruas.

Bernadeta proferia roncos profundos e ásperos, que ressonavam solitários. As paredes resistiam a eles e logo os engoliam. De vez em quando, o ritmo era quebrado porque a mulher se revirava na cama, suspirava e estalava os lábios. As pálpebras peladas tremiam. Margarida se sentava ao lado dela e rezava cada vez com mais veemência, porque estava no âmago mais escuro da noite, na hora escura pouco antes de raiar o dia, quando o demônio e seus enviados campeavam. Havia sido numa madrugada viscosa como essa que o demônio tentara sua mãe. Havia sido numa madrugada venenosa que Joana confessara a Margarida seu pecado imperdoável. A mulher berrava "Bernadí! O que fizeram com você? Bernadí, meu cogumelo!", e Margarida, que ainda era uma mocinha boa e ingênua, a consolava. Parecia uma nossa senhora dolente, com as bochechas escorrendo e a cabeça caída para a frente, como se o pescoço tivesse se cansado de aguentá-la. Há três noites não dormia nada, porque o pai de Margarida não tinha voltado, e não voltaria mais, e Joana nem precisava fechar as pálpebras para imaginá-los, os lobos traiçoeiros despedaçando-o, "Bernadí!". Aqueles malfeitores que lhe abriam a papada a fatias como se fosse um pão redondo que estivessem repartindo, "Bernadí!". Os penhascos lamacentos que o engoliam e enfiavam barro e água suja em suas orelhas, como se o recheassem, "Bernadí! Bernadí!". Margarida dizia "Ah, mãe", e Joana gritava "Meu cogumelo, meu cogumelo", exclamava, "Eu sei que está morto, eu sei, porque fiquei velha de repente!", e em seguida se enfiava dentro das recordações, como se fossem um bosque. Mas não adentrou sozinha naquele bosque pérfido. Não. Pegou uma mão de Margarida e puxou a coitada para debaixo das árvores. Levou-a pelos mesmos caminhos que Joana e Bernadí haviam trilhado depois de se casar. Margarida a ouvia, e de vez em quando repetia "Ah, mãe", para consolá-la. Mas de repente o bosque em volta delas mudou. Ficou denso e nefasto, de mau agouro, e Margarida queria voltar para casa. Não queria prosseguir por aquele caminho. Não queria chegar perto daquela clareira que Joana indicava. Sua mãe a obrigava. Segurava-a com força, até a arranhava. E no meio da escuridão Margarida viu uma bunda branca, de costas, que urinava. Soltou um grito quando se deu conta de que era a bunda de Joana. Depois apareceu um touro preto e se aproximou de sua mãe. A mulher cochichou no ouvido dela "O demônio", mas Margarida fazia que não com a cabeça, como um frango recém-depenado. Não a ouvia. Não. Não a escutava. Levava as mãos às orelhas, NÃO-NÃO-NÃO. Mas Joana, que tinha os olhos esvaziados como cascas de avelã e os dentes pontiagudos e esparsos, desgrudava as mãos dela das orelhas. A única coisa que Margarida queria, por favor, que ela lhe suplicava, era que Joana calasse a boca. Era esquecer aquele touro e ignorar o trato que havia feito com sua mãe. Não saber de nada, nem do seu coração de três quartos, nem da língua de Blanca, nem do fígado de Esperança, nem do ânus do herdeiro. A pobre moça se aferrava à mesa da cozinha e pensava em seu pai. Em Bernadí, que era bom, que tinha um cheiro ácido e de fumo, de sangue seco e suor, quando punha as duas meninas sentadas no colo e lhes ensinava o pai-nosso do lobo. Ou falava das coisas que Deus havia feito e das que o demônio havia feito. Dizia, "Deus fez as árvores e os rios e as montanhas e os bichos bonitos e rentáveis. E o demônio fez os bichos feios e selvagens". Margarida, sentada nos joelhos dele, ficava imaginando. Deus fazendo o pintassilgo, e a andorinha e o rouxinol. E o demônio, que para sujar o mundo fez o morcego, a coruja e o corvo. "Deus fez o gato, e o demônio fez o rato. Deus fez o cavalo, e o demônio, a cobra. Deus fez a ovelha, e o demônio, a cabra". Mas Joana enfiava uma língua espinhosa dentro das orelhas de Margarida e a sacudia como se quisesse arrancá-la do colo do seu pai. Deus fez a pereira, e a macieira, e o castanheiro, e a vinha, e o esparto e a roseira, e o demônio fez o pilriteiro, e o castanheiro e o espinheiro, e a carqueja e a rosa-canina. Deus fez o alecrim, e o demônio, a arruda. Deus fez o trigo, e o demônio, o joio. Deus fez a abelha, e o demônio, a vespa. Deus fez a joaninha, e o demônio, a barata. Deus fez a águia, a rolinha, o tentilhão, o melro e a cotovia, e o demônio fez a gralha, o gaio, o pardal, o tordo e o gavião. E quando, apesar de tudo, Deus ainda estava ganhando, o demônio fez o lobo, para se vingar. O pai delas sempre dizia, com a Margarida numa perna, a Blanca na outra, que nunca podiam sair de casa sozinhas, nunca, nunca, nunca. Porque, no meio dos cagalhões dos demônios com formato de bicho que ele caçava, encontrava roupinhas e ossinhos de crianças. Em Osor, desde que ele começara a contar, os lobos já haviam comido oito crianças. De Susqueda, haviam devorado sete. De um casarão de fazenda perto de Tavertet, haviam matado duas e ferido outras duas. De um casarão perto de Viladrau, mais duas. Em Sant Sadurní d'Osormort, uma menina que pegaram de um berço e três que já andavam, em Campins, duas meninas e a mãe delas, de Sant Feliu de Buixalleu, três meninos, um médico e um jumento.

Quando o jorro de veneno de Joana secou, já era de dia. A luz entrava pela janela. E a Margarida de repente percebeu que via a mesa, as cadeiras e a lareira apagada. Sua mãe tinha a cara amassada, os olhos frios, a boca obstinada, e pela primeira vez lhe pareceu uma mulher velha. Feia. Pérfida. Então ouviram os gritos. No alpendre. "Salve Maria!", saudavam, "Salve Maria!". E mãe e filha ficaram em pé, mas não tiveram tempo nem de se pentear, nem de enxugar o rosto, e um homem entrou pela casa, como a luz da manhã, sem bater. Cruzou a entrada e se enfiou na cozinha. Fez uma reverência minúscula e disse a elas, "Patroas". E a Margarida o fitou, abismada, e pensou, deve ser um príncipe. Ou um anjo. Nenhum olho que não tivesse estado na Glória poderia ter contemplado um homem como aquele. E seu coração e seus membros enregelados ganharam vida, porque imaginou Nosso Senhor dedicado a fazê-lo. No mesmo dia em que fizera os pintassilgos e as andorinhas. Do melhor barro. Do barro que usou para criar os animais bonitos e rentáveis. Com as mãos. E então viu como modelava aquela boca, no lugar onde fica a boca, e dentro dela punha os dentes, um por um, e como fazia a covinha no meio do queixo, e os olhos, como duas tochas. Como esculpia aquele pescoço de potro, o peito e as costas, as pernas, com os joelhos redondos. Como cinzelava seus dedos, que seguravam a caneca que a Joana lhe oferecera, sem beber. E como lhe colocava uma unha em cada ponta, feito joias. Os lábios falavam. Chamava-se Francesc Llobera. Contou que era o irmão mais novo de uma chácara, o casarão Mas Llobera, perto de Viladrau, onde as mulheres morriam como moscas, e por isso queria ir embora dali, disse. Para não morrer ele também, de tanto ver o pai e o herdeiro, seu irmão mais velho, casando-se com uma mulher atrás da outra. Quando sorria, seus lábios se esticavam. Olhava a cozinha, as paredes, o teto, a viúva, a herdeira. A Joana disse, "É boa, saudável e trabalhadora". O Francesc perguntou, "Você tem outra filha?". Joana respondeu "Tenho, a Blanca, mas é abobada". Porque Blanca ficava olhando as galinhas. Como bicavam o chão, distraídas. E o galo, o jeito como levantava uma pata, e como levantava a outra. E como estufava o peito e cantava. Mexia as asas curtas, que não voavam. Girava o pescoço e se coçava. Gritava de novo e se arrepiava todo. A crista e a barbela ricocheteavam. A galinha se agachava e o galo trepava em cima. Pisava nas costas dela com as patas, agarrava-a pelas penas do pescoço com o bico, e os dois se sacudiam.

E então a Joana disse que se o Francesc e a Margarida se casassem, e o coração de três quartos da Margarida deu um pulo, mas Joana continuou dizendo que se o Francesc e a Margarida se casassem, e a Margarida pensou que Deus devia amá-la muito para lhe dar um marido como aquele homem!, mas a Joana ainda dizia que se o Francesc e a Margarida se casassem teriam que manter e ter dentro de casa, pelo resto de sua vida natural, a sogra e mãe respectiva, que era ela, e a cunhada e irmã respectiva, que era a Blanca, na saúde ou na doença, e provê-las de comida, bebida, calçado e roupa, e, quando partissem, seria preciso dar-lhes sepultura. E o Francesc olhou para a Margarida, que estava sentada quieta, calada, com o coração ainda em sobressalto, a cabeça baixa, as mãos sobre o regaço, e a escolheu. Dentre todas as moças que havia para escolher, dentre toda a longa fileira de mulheres do mundo, com seus olhos e seus cabelos e seus jeitos de olhar, ele disse, é esta. E apontou para ela.

Prepararam um prato de nabos com molho de nozes. Limparam os nabos, depois os cortaram e ferveram duas vezes. Escorreram os vegetais e numa caçarola fritaram levemente a cebola com banha, e quando a cebola cozinhou, retiraram-na. Na gordura que ficou puseram farinha, e quando engrossou acrescentaram os nabos. Fizeram o molho de nozes à parte. Com nozes, leite, cebola frita e vinho. E prepararam pombos ao molho pardo. Depenaram os pombos e retiraram os fígados, que picaram com miolo de pão molhado com vinho e vinagre. Ferveram três ovos e separaram as gemas para misturá-las ao pão e aos fígados e então coaram e puseram tudo numa panela e ferveram com mel. Assaram os pombos, e quando estavam meio cozidos, enfiaram-nos numa panela com o molho dos fígados. E fizeram um creme de amêndoas e maçãs. Com maçãs bem doces, descascadas, cortadas e sem o miolo, fervidas em água. E à parte prepararam o molho, com um punhado de amêndoas torradas que picaram num pilão e afogaram no caldo das próprias maçãs, para fazer o leite de amêndoas, ao qual acrescentaram miolo de pão e mel.

O pároco de Querós enunciou as proclamas. Ninguém manifestou nenhum impedimento e os noivos se casaram na presença dos parentes. O pároco disse as palavras de praxe. "Você, Francesc Llobera, entrega seu corpo à Margarida, que aqui está, como seu fiel marido." *Dixit quod sic. Et eodem modo dixit.* "Você, Margarida Clavell, entrega seu corpo como fiel esposa ao Llobera, que aqui está." *Que nullum dedit responsum.* E Francesc, com a covinha no queixo e as mãos ásperas cheias de anéis, segurou as bochechas dela, e por causa da luz tão ofuscante que a alegria oferece, a Margarida não enxergava nada.

Então soaram os sinos. Sinos e mais sinos. Que repicavam. Estridentes e metálicos. Sinos dentro de casa. Sinos que não celebravam um casório, mas que chamavam os mortos, davam aviso de incêndios, de lobos, tempestades, ladrões, advertiam sobre coisas terríveis que vinham vindo e se aproximavam, para que todos acordassem. E fez-se a luz na sala. Como uma bofetada. Era uma luz suja. Mentirosa. Amarela. Um ultraje. A claridade falsa se enfiou por baixo da porta, e a Margarida, sentada no escuro ao lado da Bernadeta, girando os polegares, deu um pulo da cadeira, como se a tivessem espetado. Ouviram-se uns passos de doninha chegando perto. A maçaneta da porta girou com um rangido sutil. E apesar de lá fora as árvores e o bosque não renunciarem à escuridão e se aferrarem às sombras, às umidades e crepitações, a luz postiça, que se opunha a eles, impôs-se e sufocou o negror como uma torrente. Marta entrou no aposento. Era uma mulher feia, segundo Margarida, avantajada, de cara redonda, ombros generosos, peitos salientes e bunda farta. Tinha o cabelo despenteado, achatado sobre o crânio, e vestia uma roupa de dormir estrambótica. De duas peças, cor-de-rosa, com coelhinhos cinza com barriga e orelhas brancas. Do pescoço pendiam uns óculos de armação de conchinha, e ainda trazia um espelhinho na mão. E era dentro do espelhinho que estava a igreja, inteira. E era dentro da igreja que estavam os sinos repicando. Em cima da mesinha de cabeceira, Marta acendeu uma segunda e maldita lamparina de luz errônea e sem chama, que você podia assoprar que não apagava. Só se você desse uma batida. Mas tinha que ser uma batida forte. Pam! Pam! Pam! A Margarida dava golpes quando ninguém estava olhando. E então, quando tentava acendê-las e a feitiçaria não funcionava, Marta resmungava, e ficava admirada, que não era possível, que o circuito elétrico daquela casa era uma merda, tinha queimado de novo!

Marta murmurou o nome da Bernadeta, e a Margarida virou a cabeça, porque aquela luz era falaciosa e incômoda, e porque não queria ver a Marta nem as coisas que ela fazia. A Marta estava viva. Havia um caminho repulsivo pelo qual não passara. Ainda. Havia nascido, como todas as coisas que nascem. Mas a Marta não morrera. Ainda. Como todas as coisas que morrem. E era a lei divina, universal, a primeira — por mais que naquela casa estivessem cagando para elas, para as leis primeiras — que para os vivos você não olha, você não os toca, você não fala com eles. Nada. De costas. Passa! Como se fossem um sapo, uma urtiga, uma bosta de vaca. A Bernadeta mexeu os lábios, estalou a língua dentro da boca pastosa, engoliu saliva e abriu os olhos sem pestanas, como duas feridas. A Marta lhe deu bom-dia, e a velha fez um som que a Margarida achou displicente. Perguntou se ela queria fazer xixi e, sem esperar a resposta, afastou os lençóis e cobertores. A Bernadeta vestia uma camisola esgarçada, que deixava descobertos seus braços transparentes, cheios de pelancas. A mulher desceu as pernas nuas da cama, pôs seus pés deformados dentro de umas alpargatas e passou um braço pelos ombros da Marta. E devagar, porque era uma velha pesada, levantou-se e saíram do quarto, deixando a lamparina acesa. A Margarida bufou. Insolentes! Como se agora as mulheres e os homens decidissem isso, quando deve ser de dia e quando deve ser de noite. Porque andavam agora pelo mundo como se fosse deles, tendo o direito de ver todas as coisas, até as que não têm que ser vistas. Descarados! Como se não fosse mais Deus quem tivesse a medida de tudo, nem quem determinasse a escuridão das noites e a extensão dos dias. Ouviu as duas atravessando a sala. Entrando na latrina que haviam construído dentro de casa, sem o menor pejo, e as nádegas da Bernadeta dando uma pancada fria ao caírem sobre o vaso. Era de porcelana branca, como se fossem marquesas. Ouviu o som do jorro de vaca. E a voz da Marta que perguntava à Bernadeta se tinha dormido bem. Os sons desinteressados da velha. E se tinha fome, e a Bernadeta murmurando, hmmm, se queria descer para tomar café da manhã, que foi a única pergunta que a velha respondeu com clareza. Não. Então voltaram ao quarto arrastando-se, e se sentaram na cama, que era alta, curta, austera, com uma cabeceira de barras metálicas. Marta destampou uma garrafa que não quebrava e despejou água num copo verde, de vidro bom. Em cima da mesinha havia uma montanha de caixas brancas, azuis, cinza, que a Marta revirava. A velha estendeu uma mão trêmula, e Marta então lhe deu sementes. Uma vermelha. Uma laranja e azul. Duas pequenas e brancas. Uma redonda com uma risca no meio. A Bernadeta as engoliu. A Marta voltou a encher o copo e jogou dentro dele uma moeda amarela, que ficou revirando dentro d'água como quem se afoga, soltando bolhas. Quando se afogou, Bernadeta bebeu e

Marta lhe disse que voltaria com um chá de camomila e uma torrada para o café da manhã. A velha pediu geleia, e Marta saiu encostando a porta e deixando a luz falsa da mesinha de cabeceira acesa. E a Margarida reclamou, como se não fossem castigo e desgraça suficientes todas as outras! Todas as mulheres daquela casa, mal-agradecidas, maçantes, frívolas, pérfidas, cutucando feridas, indolentes. E ainda ter que aguentar a Marta, que era boçal, tosca, burra, um estrupício, uma cabeça oca. Mas a condenação não parava aí. Ah, não. Porque o sofrimento da Margarida não conhecia fim. A Marta tinha uma filha chamada Alexandra. Fruto do pecado e do vício, como a maioria dos malcriados daquela casa. Se bem que a Alexandra nem tinha nascido no casarão. Nascera fora. Por isso a moça era desarraigada, lisa, renegada e despreocupada, e quase nunca dormia ali. E uma mulher incrédula poderia achar uma sorte que aquela moça preguiçosa da Marta, sem paciência, nem disposição, nem sangue nas veias, sem um pingo de respeito, não dormisse quase nenhuma noite no casarão. Mas vai lá saber onde dormia!, dizia a si mesma a Margarida. Como se não fossem aprender nunca a lição, ali no Mas Clavell. Tropeçando nas mesmas pedras, uma vez e outra. Com homens e com demônios, que era com quem Alexandra dormia! Enquanto a mãe dela, Marta, que tinha o entendimento curto como um rabo de cabra, importunadora, desconhecedora de tudo e desmemoriada, que por não saber não sabia nem quem era Margarida!, passeava pela casa como se fosse sua, acendendo e apagando luzes e mijando pelos cantos, com aquela sua cabeça totalmente oca que esquecia de tudo, que fazia clingue-clingue, clangue-clangue, clongue-clongue.

MANHÃ

*for women live much more in the past than we do,
he thought, they attach themselves to places...*[5]

Virginia Woolf, Mrs. Dalloway

A janela da cozinha era estreita e funda como o buraco de uma orelha. Por ela se enfiava uma luz indireta, incipiente, azulada, que deixava as formas e cores mortiças. As paredes, irregulares, e a campana da lareira eram brancas, as manchas de umidade cinzentas, o mármore, amarelo, as ranhuras da pia, pretas, os armários de tons torrados com puxadores metálicos manchados de ferrugem, o chão de lajotas grená, as banquetas, as cadeiras e a mesa de madeira de pinho com diferentes camadas de desgaste e verniz. A cozinha tinha duas portas. Uma maciça, com dois degraus, que levava a uma despensa roxa e fria como um fígado. E outra, com painéis de vidro dava para o vestíbulo. O vestíbulo do casarão era úmido e escuro, como uma goela. De paredes ásperas, que eram como a carne de dentro das bochechas. Com um teto de vigas, como um céu da boca listrado, e chão de pedra, uma língua gasta de tantos anos engolindo. Havia ali uma sapateira cheia de sapatos

---

[5] ... pois as mulheres vivem muito mais no passado que nós, pensou ele, elas se apegam a lugares...[N.T.]

colocados de qualquer jeito. Um banco. Um armarinho embutido de portas carcomidas com uma trava de madeira. Três ganchos cobertos de jaquetas como se fossem corcovas. Uma caixa cheia de garrafas de vidro vazias. Das paredes pendiam utensílios para fazer queijo; uma lira e moldes de vime. No chão havia duas leiteiras decorativas. O arco do vestíbulo eram as gengivas. A porta fechada que dava para fora, uns dentes cerrados. Uma escada de lajotas, estreita como uma espinha dorsal, levava ao andar de cima. O fundo da goela que era o vestíbulo dava para uns chiqueiros compridos de terra batida, com uma só janela, as paredes rodeadas de comedores, uma pia rudimentar, sacos, baldes, um forcado, forragem e palha, uma prateleira de metal com ferramentas e pó, e uma saída que dava para um curral. Os chiqueiros estavam divididos em dois. De um lado, havia quatro cabras esquálidas. Do outro, uma carroça. Uma das cabras era branca. A outra, castanha. O bode era preto. Tinha um cabrito castanho com a cara branca. A carroça era dourada e azul e tinha almofadas e galões bordados, franjas feitas de seda plissada e estrelas pintadas de dourado.

 A Marta entrou na cozinha e a Joana, de seu banquinho, viu ela se enfiar na despensa e sair com duas fatias de pão, leite, geleia e manteiga. A Marta torrou o pão numas brasas que não é preciso soprar, pegou uma xícara, encheu de leite e a colocou dentro de uma urna de vidro que descansava sobre o mármore. A urna se iluminou e fez um zumbido. A xícara dava voltas. Em pé, Marta pôs sobre o nariz os óculos que trazia dependurados no pescoço, cheios de marcas de dedos, e se olhou no espelhinho. Acariciava-o com o polegar. Rápido, rápido. Olhava e fazia o dedo deslizar para cima, para cima, e então parava. Olhava mais e de repente caiu na risada com as coisas que o espelhinho mostrava. A risada da Marta contagiou a Joana, que deu um sorriso amarelo. A velha bateu as mãos nos joelhos. "A mulher a rir, e o burro a zurrar, o demônio se dedicou a ensinar." E então se animou. Seus olhos ficaram úmidos, o sorriso contrafeito virou brincalhão e malicioso, e a velha explodiu numa gargalhada e começou a zurrar feito um asno, e achou tão engraçado se ver fazendo aquilo que desatou a rir de vez e quase sufocou. Soou um sininho agudo e a luz da urna apagou. Marta abriu a portinha de vidro e tirou de lá a xícara fumegando. E jogou uma colherada de um pó escuro que deixou o leite preto. Com uma faca, pegava nacos de manteiga e punha em cima de uma das fatias. Mesmo sem espalhar direito, mordia, e sem parar de comer encheu de água uma segunda xícara na boquinha de cisne, colocou-a dentro da urna e untou a outra fatia com geleia. A Joana soltou três bufadas de riso frouxo com a boca aberta e sossegou.

Quando o Francesc Llobera se casou com a Margarida e se mudou para o Mas Clavell, trouxe um ajudante chamado Boi. "Uma mulher, boa mulher. Duas mulheres, mulher suficiente. Três mulheres, mulher demais." O ajudante tinha o lábio de cima grudado no nariz, e as pestanas, os cílios, a barba e o cabelo, e até os pelos do nariz, tão loiros que mais que boi parecia um cordeiro. Gostava dos ditos do patrão. "Mulher peluda, o diabo ajuda", "Quando o demônio não pode, a mulher manda", "Quando o diabo duvida, à mulher ele pergunta", "Onde falta mulher, o diabo traz". O Boi assentia. "Quando o demônio quer aprender, faz a mulher de professora." "Uma vez o diabo e a mulher jogaram, e foi ela que ganhou." Todas as noites, Francesc mandava: "Ajoelhai-vos. Rezai. Arrependei-vos". E as mulheres e o Boi se ajoelhavam. Abaixavam a cabeça e ouviam o homem passar sermão, porque nada crescia como tinha que crescer, naquela chácara e nas terras secas, ermas e enfeitiçadas em volta dela. Tamanha era a maldição que pairava sobre aquele casarão, exclamava, que quando as plantas nasciam ali, nasciam para Satanás, e naquilo que Jesus plantava, o maligno punha seu enxerto, e tudo o que estivesse destinado a Deus, no

Mas Clavell, dava frutos para o diabo! Até que um dia o Boi disse "Não precisam mais sofrer, patroas, matamos a bruxa". A Joana e a Margarida perguntaram "Que bruxa?". O Boi respondeu "A velha do Poço de Querós". E elas souberam a que mulher se referia. Segimona Vila, que tinha um olho estragado e uma filha inválida. Segundo o ajudante, o demônio e a velha acorrentavam a moça todas as noites e montavam nela como se fosse uma mula. E contou que o patrão lhe dera um dobrão de ouro para que fosse ao Poço de Querós e disparasse um tiro de trabuco de pederneira na testa da feiticeira. O Boi encontrara a velha Vila dobrando toalhas e lhe ordenara: "Fique longe e não encoste em mim! Que é assim que vocês bruxas fazem, sempre querem encostar a mão". Segimona Vila ficou no canto que o ajudante lhe indicou, e o homem apontou a boca da arma entre aqueles dois olhos que iam um para cá e o outro para lá, e dizia "Isso é a punição por você ter enfeitiçado os campos do Mas Clavell e por ter matado nossos dois porcos". "Não precisam mais sofrer, patroas, nosso mau agouro terminou", repetiu, e acrescentou, todo gabola, que com uma navalha separara os tendões dos calcanhares e dos joelhos dela, para que assim, depois da sepultura, o mau espírito da bruxa não conseguisse levantar-se.

O sininho da urna soou de novo, e a Marta mergulhou um saquinho de ervas dentro da xícara de água. Deu uma última mordida no pão com manteiga, tomou um último gole de leite preto, lambeu a faca, guardou o espelhinho e ajeitou os óculos na cabeça como um diadema, pegou o café da manhã da Bernadeta e saiu. E a Joana, desenxabida, levantou-se. Apoiou na mesa uma mão ossuda, com dedos que se retorciam para todos os lados, e abandonou o banco arrastando os pés. Tinha os tornozelos deformados, os joelhos inchados e as costas retorcidas.

Quando o primeiro filho da Margarida ia nascer, a Joana e a Blanca cobriram as janelas e selaram as portas, para não deixar que entrassem maldades nem correntes de ar. Colocaram para ferver panelões e mais panelões de infusão de louro, artemísia e lírio-amarelo. A Joana repetia "Eu te conjuro, infante, sejas macho ou fêmea, pelo Pai e pelo Filho e pelo Espírito Santo, que sigas adiante e não para trás, e que não faças mal à tua mãe". Foi um parto longo de mãe primigesta. Quando o menino saiu, fizeram um repasse nele inteiro. Dedo por dedo. Apalparam a barriga, as perninhas, o sexo, as costas cobertas de veludo, mas viram que não lhe faltava nada. A Margarida chorava de alívio. Então a Joana o entregou ao Francesc, que o segurou nos braços e disse "O herdeiro". E escolheu seu nome. Bartomeu. Como o pai dele. Ao segundo filho daria o nome de Francesc. Como ele. Mas sempre chamariam aquele menino de Esteve, porque o segundo filho do Francesc e da Margarida seria uma criança doente e raquítica, que não queria mamar, e não queria dormir, e não queria parar de berrar, com uma boca escancarada por onde entravam todos os males, em fila e dançando. A Joana murmurava "Deus e a Virgem Maria, e monsenhor são Pedro e monsenhor são João, pelo seu caminho vão, e encontram um lobo galante. Diz, lobo galante, aonde vai? Vou comer a carne e beber o sangue deste infante! Nada disso. Vai até o alto da montanha, romper poeira e comer ervas silvestres!". Mas se o nascimento do Bartomeu foi uma explosão de alegria, o nascimento do Esteve foi apenas uma chispa de alegria. Um júbilo, mas com uma ponta afiada que arranha por dentro, porque o Esteve nasceu sem uma orelha. Margarida, dia e noite, ficava olhando obcecada aquele botão fechado de um lado da cabeça da criança, e depois pegava o Bartomeu, que já engatinhava, tirava a roupa dele e procurava e procurava, ofuscada, sem encontrar o que faltava nele, convencida de que se a ausência no herdeiro não era visível, era porque estava escondida. E no final Joana teve que explicar ao

Francesc que isso acontece com alguns partos, que eles às vezes deixam a mãe triste.

    A Joana estendeu um pano laranja com duas cerejas bordadas que descansava amassado em cima de uma das cadeiras da cozinha e o dependurou no ombro. Afastou-se da mesa e foi até a bancada. Apoiou-se nela e assobiou. Três assobios curtos e seguidos, como um chamado. Aguçou o ouvido e em seguida tirou duas facas sujas da pia e as enxugou numa manga. Abriu uma gaveta e pegou uma terceira faca. De outra gaveta, cheia de velas, pegou um novelo de barbante mal enrolado e um gancho. Parou e ouviu. Mas não escutou o movimento que esperava e deu outro assobio agudo e autoritário. De uma última gaveta, pegou uma sacola branca que não rasgava, nem desgastava, nem molhava. Sacudiu-a várias vezes para abri-la e enfiou tudo dentro. Quando ficou pronta, suspirou e assobiou uma última vez. Pela porta envidraçada da cozinha apareceu uma mulher com ar distraído, a boca sorridente e aberta, como se não soubesse que fazia tempo que a chamavam. A Dolça era jovem, baixinha e cabeluda. Tinha uma cara simpática, de cabra, um olho vesgueado que fugia em direção ao canal lacrimal, dentes salientes, uma mata de cabelos escuros em cima da cabeça, sobrancelhas proeminentes e unidas no meio da testa, e uma penugem abaixo do nariz.

    A Joana ordenou:

— As bacias. — E a Dolça se enfiou na despensa e saiu de lá com uma bacia rosa, uma branca e uma verde, que virou ao contrário para tirar o pó e as teias de aranha. A Joana fez um sinal com a cabeça e a Dolça saiu da cozinha. Atravessaram o vestíbulo e saíram da casa pela porta principal. O arzinho da manhã era frio. O sol ainda não aparecera por detrás das montanhas, e as encostas azuis estavam enevoadas. Diante do casarão havia um alpendre pequeno de lajotas, salpicado de fungos cinzentos e amarelos, e de cagalhõezinhos secos de cabra, de quando as cabras escapavam. No meio descansava uma cadeira branca coberta de cocô de mosca, com uma almofadinha lilás listrada, que a Joana apontou e a Dolça agarrou pelo encosto e carregou nos braços. A carroça cinza sem cavalos da Marta estava coberta de orvalho. Um caminho vermelho, de caquinho de telhas, levava até a casa. As duas mulheres foram até uma parede lateral do casarão, onde havia um tanque de roupa de pedra cinza, dois vasos vazios e um monte de lenha velha mal empilhada. Mais adiante havia uma horta mal cuidada e o cercado externo das cabras, e depois começavam as árvores. A Dolça deixou a cadeira debaixo de um castanheiro e a um gesto da Joana encheu a bacia branca de água no tanque. Joana cortou um pedaço de barbante e, lentamente, mas com firmeza, amarrou o gancho num dos galhos da árvore. Sentou-se na cadeira, pegou uma faca pequena e uma grande, e afiou uma contra a outra. Quando a Dolça deixou a bacia cheia d'água aos pés dela, disse:

— Me traz um bambu. — E a Dolça foi até a horta. Demorou bastante tempo, mas voltou com um pedaço de bambu. A Joana pôs uma das facas afiadas no chão. Enfiou a mão dentro da bolsa e afiou a terceira.

No andar de cima, a Bernadeta fazia bagunça com o café da manhã. Pegava a fatia com as mãos trêmulas e gastas e as unhas transparentes. Aproximava o pão da boca, punha para fora uma língua pontiaguda e lambia a geleia. Só a geleia. Depois franzia os lábios e, com os dentes da frente, raspava a torrada como um coelho. A Margarida, ao lado dela, virava a cabeça enojada, para não ver a porqueira que a velha fazia. Os chapins piavam tão alto que dava para ouvir dentro de casa. Cantavam empolgados porque a escuridão os engolira, como engole todas as coisas, e depois os cuspira, como é obrigada a cuspir todas as coisas, que acordam intumescidas e molhadas. E agora gorjeavam aliviados para reviver, porque no meio da noite tão longa haviam duvidado se o dia voltaria. E davam as boas-vindas à manhã, mesmo sendo uma manhã sem graça. Não gostava das manhãs, a Margarida. Porque de manhã uma mulher ingênua poderia achar que a noite terminara. Mas a noite não acaba nunca, ela aguarda escondida e sempre volta.

Foi por estar tão compungida como estava depois do nascimento do Esteve que a Margarida não reparou. Tinham pendurado na praça de Vic um irmão do Francesc chamado Joan, que tinha dezenove anos, por ser ladrão. E antes de ser justiçado, havia revelado a Francesc em que arbustos escondera as capas de pastor que roubara. O Francesc tinha ido buscá-las. Mas por causa desse roubo haviam feito algumas diligências, e numa manhã fatídica o procurador e um grupo de homens foram até o Mas Clavell para prender o Francesc. Os chapins piavam. Primeiro Margarida achou que cantavam para receber a manhã. Mas gritavam tão alvoroçados, tão ansiosos, tão insistentes, tão espevitados, que a Margarida ficou alerta. O Francesc lavrava diante da casa e os passarinhos se esgoelavam. Guinchavam. Enlouquecidos, piu, piu, piu, piu, piu! Avisavam que o procurador vinha com seus homens para prendê-lo, levá-lo embora para sempre por ter ficado com as capas. Enquanto o Francesc fugia, dispararam-lhe seis vezes. Cada uma como um punhal. O coração da Margarida, de tão pequeno e com tantas punhaladas, parecia um picadinho de carne. Foi por vontade de Deus que não o acertaram, a não ser na roupa, mas a partir de então o Francesc passou a se esconder.

A Margarida lhe dizia "Não fuja, não vá embora". Mas ele ria. Como se fizesse uma piada interna que só ele achasse engraçada. "Vocês mulheres se aferram aos lugares", respondia, "se amarram a eles, como cadelas. Ao passado, às casas, aos filhos, às coisas". E partia feliz, dando-lhe as costas. Contente por ir embora.

Afastava-se de casa com o Boi, depois com cada vez mais homens. E a Margarida ficava sozinha com todos os encargos. Os filhos para criar e os campos para semear. Com a mesquinha de sua mãe, e a desencaminhada da irmã, que ainda que a Margarida xingasse sem parar, ficava olhando os patos. Malvados! Os patos que pareciam tranquilos, mas que moviam as patas cor de laranja, frenéticas, debaixo d'água. E que brigavam e gritavam querendo subir todos ao mesmo tempo no lombo da pata. Afundavam a cabeça dela, como se quisessem afogá-la. Violentos, com aquele pintinho enrolado, branco, terrível e comprido, enquanto lhe arrancavam as penas do pescoço a bicadas. Se a Margarida lhe tivesse dado razão, o marido teria ficado em casa. Se lhe tivesse dito que estava certo. Que aquele casarão estava amaldiçoado. Se tivesse confessado, apontando para a Joana, "Foi ela. Foi minha mãe. Ela fez um trato com o demônio, para poder se casar com meu pai. Ela o invocou, Francesc. Mostrou a ele onde moramos. Mijou em cima de uma cruz, o Francesc!, abjurou Deus para que viesse o Outro", seu marido a teria amado. Teria afastado os cabelos dela do rosto. Teria dito "Margarida, minha senhora, amiga, mulher, companheira". Mas a Margarida o via indo embora e calava, com a língua inchada e entorpecida de tão pesada dentro da boca. E era uma triste vida, longe da luz do dia, vendo passar as semanas, sozinha, como uma mulher enterrada viva. Até que, uma manhã tão triste como outra qualquer, caiu em si de que fazia tantas noites que durava aquela solidão, como uma nevada que tivesse congelado, que um estalido de alegria por seu retorno deveria forçosamente estar próximo. Porque o Francesc sempre voltava. Porque tinham se casado e aquela era sua casa. E as pessoas, em vez de chamá-lo de Francesc Llobera, que era o nome que o pai lhe dera, chamavam-no de Clavell, o nome que ela lhe dera. E então chegava. Como a primavera, chegava. Cada vez mais bem-vestido. Com a calça arregaçada até meia perna, e o gibão, e os sapatos e o chapéu e a capa, com o cabelo comprido batendo no ombro. Com um séquito de apóstolos que comiam seu pão e bebiam seu vinho, e se sentavam em volta dele à mesa. E a Margarida o contemplava, mãe do céu, como olhava para ele! Cheia de um amor que transbordava, enquanto ele ria e cantava e repartia a comida. Observava-o e convencia-se de que, sem dúvida, quando Deus Nosso Senhor cinzelara aqueles braços e aquele torso, fizera aquela boca e colocara os dentes dentro, Deus Pai fizera também os mercadores, os carregadores e os ambulantes, e as moedas de ouro e de prata, e os tecidos azuis e de seda e de Holanda, para aquelas mãos robustas, lindas e ásperas poderem roubar tudo aquilo. Dizia a si mesma que, para que Francesc nunca ficasse sozinho, Deus Nosso Senhor, com todo o seu amor, lhe fizera cada um dos homens que o acompanhavam, que gostavam dele daquela maneira que os homens têm de se gostar, muito melhor que o jeito de se gostar das mulheres. E que lhe atara à cintura aquele monte de faixas de couro, armadas de trabucos curtos e de trabucos compridos, como se fosse um laço. E repetia a si mesma que o Senhor esculpira aquelas montanhas intricadas e impraticáveis para que o Francesc pudesse se esconder nelas. Que abrira trilhas e leitos para que seus homens descessem por ali como enchentes. Havia perfurado cavernas e covas para que se escondessem e guardassem o que roubavam. E colocara aquelas casas, que tinham nomes como Vilar, Llorà, Masjoan, Mas Riera, Can Muntada, Can Carbassa ou Obac, para que o Francesc e sua quadrilha entrassem, enfiassem as pessoas na cozinha, desencostassem caixas, remexessem roupas, arrancassem ripas, esvaziassem a palha dos colchões, revirassem camas e cadeiras, e encontrassem anéis, moedas, correntes, colheres e xícaras. E tinha certeza de que Deus Pai também colocara em seus lugares os protetores e os casarões acolhedores. Banchs, Cortina, Brunyola, a mulher do tal de Moner,

Puigllaunell, a viúva Saavedra, o padre Ricard, o pároco de Castanyet e todos os outros. Que convidavam o Clavell e seu bando para comer com eles na mesma mesa, e lhes ofereciam cama, e quando estavam escondidos no bosque levavam-lhes ovos, pão e vinho, e punham as ovelhas andando atrás deles para que os homens que os perseguiam não os encontrassem.

A Bernadeta punha para fora uma língua exploratória e lambia a geleia que havia grudado em seus lábios e no bigode. Semicerrava os olhos, erguia as sobrancelhas e mexia as narinas, grandes como moedas. Farejava. E a Margarida ouviu que ela estava farejando. E o som daquele narigão inspirando, concentrado, insistente e ávido, arrancou-a de sua corrente de pensamentos. A mulher se levantou de repente. Correu até a janela, abriu-a com gesto brusco e pôs para fora uma cabeça de pardal inquisitivo. Inspirou. E notou. Que Deus nos ampare, ah, e como notou. Por baixo do cheiro de dia novo, de folhas limpas no alto dos galhos, discerniu um cheiro nauseante de partes baixas. Com seus dois olhos como agulhas, a Margarida perscrutou o verdor traiçoeiro das árvores. Sabia há dias que o demônio voltara a passear por aqueles bosques e rondava a casa. Mas já estava avisado. Porque se o inimigo se aproximasse, se o adversário, se o pé fendido, se aquele papa-moscas se achegasse, A Margarida invocaria Deus, Jesus, a Virgem e todos os santos do Céu e todos os anjos, gritaria para ele, lá da janela, "Assassino covarde, besta traiçoeira, abutre!, gavião!, ladrão!, fora, fora!", e jogaria nele tudo que tivesse à mão. Acertaria a cabeça dele com o copo bom e a garrafa que não quebrava, a lâmpada e a mesinha de cabeceira, a cama, a cadeira e a cômoda. Para Deus ver como ela o negava. Para Deus ver como lhe virava as costas. Que atirava nele até velha se fosse preciso. Se o que o gavião procurasse fosse a Bernadeta. Antes de fechar a janela, a mulher, de cara amarrada, cuspiu três vezes.

O sol dera o ar da graça, mas brilhava apressado e esbranquiçado, interceptado por uma névoa estendida e um ventinho frio. Nos chiqueiros, as cabras baliam. Soltavam cagalhões. Mexiam o rabo. Perseguiam umas às outras. Ficavam quietas. Encostavam-se. Mascavam grama e se cheiravam. As tetas das fêmeas e as vergonhas do macho pendiam. O bode tinha o membro pequeno e pontiagudo como uma agulha. A cabra castanha mexeu o rabo e pôs sua bunda no focinho dele. O bode cheirou e montou atrás dela, impaciente, mas escorregava. Desceu. Trepou de novo, mas patinava. Então subiu e conseguiu ficar ali, e se agitaram. Em cima da carroça dourada havia duas mulheres deitadas. A carroça era mais bonita de longe do que de perto, porque de perto dava para ver que estava coberta de pó, e que o ouro era falso e os tecidos, baratos. A Blanca olhava a cabra castanha e o macho fornicando. Era uma velha robusta, de cara bovina, olhos ensopados e papada dupla. A Elisabet passeava as mãos pelo tecido de uma almofada azul com babados dourados. Era uma mulher espichada e emagrecida, de meia-idade, olhos escuros de carnívoro pequeno, ombros caídos e um palmo de pescoço. A cabra branca e o cabrito comiam imperturbáveis um pouco mais afastados. A Elisabet não nascera naquela casa. Nascera num povoado junto ao mar chamado Castelló d'Empúries. Nenhuma outra mulher do casarão tinha visto o mar. Só a Margarida. Mas a Margarida dissera que o mar era feito de águas infectas e de sangue, e a Elisabet não sabia que mar era esse que a Margarida havia visto, porque o mar de Roses, e o de Escala, que era o mesmo, mas do outro lado, era azul. De todos os azuis. Azul-claro e azul-escuro, azul-arroxeado e azul-brilhante, azul-opaco e azul-esverdeado e azul que parecia cinza e azul que parecia preto. E às vezes, conforme o sol e as nuvens que o acompanhavam iam descendo e subindo, também era cinza, ou amarelo, ou laranja, ou rosa, ou lilás, ou verde, ou vermelho, com cachos de espuma branca. Tinham feito a Elisabet se casar com o moleiro de Roses, e lá de Roses dava para ver o mar e as montanhas nevadas, os dois ao mesmo tempo. Mas ela não morou muito tempo em Roses, porque na primeira noite que dormiu no moinho, a Elisabet já pediu à Virgem que, por favor, matasse seu marido. E continuou rezando para ela insistentemente todas as madrugadas. E quando a Virgem o matou, o que não demorou muito, a Elisabet fez uma festa. Dentro de si. Com músicos que tocavam charamela. E pegou o ajudante do moleiro e foram até o santuário de Núria, para agradecer. Mas no meio do caminho a Elisabet começou a se sentir febril, e entre Sant Joan de les Abadesses e Ribes de Freser foi invadida pelo frio da febre terçã. Tentou continuar, mas não conseguia, e deixou-se cair numa canaleta, toda ensopada e trêmula, porque achou que descansar ajudaria. Ficou ali recostada o tempo todo que duraram os calafrios e, quando se refez, viu uma cerejeira. Como se a tivessem posto ali para quando ela acordasse. Ficou com água na boca. Disse ao ajudante "Quer cerejas?". As cerejas eram quentes e doces e havia muitas, como se fosse uma bênção de Deus. Inteiras e vermelhas e amarelas, porque os passarinhos não tinham conseguido bicar todas. Porque se tivessem sido deixados à vontade, ela e o ajudante, teriam tido dor de barriga. Mas ficaram à vontade, porque uma voz de homem gritou para eles se virarem. A primeira coisa que a Elisabet viu foi o trabuco que ele lhes apontava. E tinha mais dois pendurados na cintura. Depois as botas desalinhadas e a capa suja, e por último a cara, de morto de fome. Aquele patife roubou tudo o que o ajudante trazia, e lhe disse, com uma voz que havia matado muitos homens, que se o visse de novo o mataria. Então olhou para Elisabet e ordenou que o seguisse. E embora ela tenha suplicado muitas vezes que ele a deixasse ir embora, que a deixasse ir embora, por favor, que a deixasse cumprir suas devoções em Núria, pelo amor de Deus, pois era viúva, com voz doce de boa mulher, com os cílios úmidos de pobre moça, o bandoleiro meteu-lhe uma pistola no peito, o gatilho puxado, e disse que se não o seguisse a mataria. A Elisabet pensou que estava tudo acabado quando, por conta da febre, não conseguiu mais avançar e caiu desmaiada. Então, em vez de disparar-lhe um tiro, o homem deu-lhe vinho de sua cabaça e, entre a bebida e o susto, o frio de Elisabet passou. Mas enquanto caminhava atrás do Clavell, a cada passo pedia à Virgem que, por favor, o matasse.

A culpa era da Elisabet, dizia. Culpa daquela cara, daquele cheiro, daquela boca que bebia, daquelas mãos e daqueles olhos e daqueles cabelos, que ele amava loucamente. Sem esperança. Que ela lhe cravara uma adaga. E seu coração adoecera. Teria se casado com ela, assegurou-lhe. Teria se casado com ela ainda que tivesse que virar um camponês pobre e qualquer. Havia se casado com uma mulher tonta, explicava, pura queixa. Casara-se sem amor, porque era a herdeira e tinha uma casa que acabara se revelando um casarão ermo, afundado, fedido, agarrado à terra como um carrapato. Mas com a Elisabet, com a Elisabet que não tinha nada, só aquela cara desvalida e aquela boca e aquele olhar, teria casado apaixonado. Dizia-lhe, "Se você tivesse me conhecido antes, quando eu tinha um bando de mais de setenta homens, teria me amado; quando tinha dinheiro e protetores e passeava por essas montanhas não como um rato, mas como um príncipe, você não teria como não me amar".

Elisabet tentou fugir três vezes. A primeira na passagem de Torn, durante a Páscoa da Ressurreição. O Clavell, vendo que ela havia fugido, mandou os vaqueiros daquelas bandas irem buscá-la e disse que se não a localizassem mataria todos. Quando a encontraram, dirigiu-se a ela como se fosse uma menina. Falou que ela não podia andar por ali sozinha. Que as montanhas estavam cheias de feras e de homens, que eram piores que as feras. Que uma vez os do seu bando tinham encontrado uma viúva que ia com um padre pelo caminho real. Prenderam e forçaram a mulher. Todos. Que no bosque de Mansa, perto de Taradell, tinham encontrado um grupo de mulheres desacompanhadas e as amarraram às árvores e as desonraram muitas vezes. E que resistir era pior. Que uma criada do Mas Costa de Vilalleons, que resistira muito, foi tão maltratada que tiveram de lhe dar a extrema-unção.

A segunda vez que fugiu foi em Collfred. Clavell ameaçou os pastores da região para que a procurassem. Quando um pastor a encontrou e disse ao bandoleiro onde estava, Clavell meteu um bofetão tão forte no pescoço de Elisabet que ela ficou com um calombo do tamanho de um ovo.

A terceira foi em Conflent. Foi embora sozinha, a pé, em direção a Camprodon, porque ninguém quis ir junto, uns porque temiam o Clavell, outros porque temiam a justiça. E quando ele a pegou, deu-lhe três golpes na cabeça com uma pedra, primeiro um, e depois outro, e para terminar mais um, como se quisesse, a pedradas, enfiar-se dentro do único lugar onde não podia forçar a entrada: aquela cabeça cheia de zombarias e de músicos sentados, com as charamelas a postos, e naquela ocasião até com dois violinos, uma viola e um rabecão, aguardando a festa.

A Elisabet percebeu logo que andavam sem rumo, procurando a cada três ou quatro dias uma cabana de pastores. Às vezes de carvoeiros, mas o Clavell não confiava em carvoeiros. Ele conhecia a maioria dos pastores. Homens que se chamavam Ros, ou Sastre, Prats ou Casasubirana, e que quando o Clavell pedia, matavam uma ovelha para que levassem a carne ao bosque. Se fosse sexta-feira, comiam só pão. Avançavam até que os víveres acabassem e procuravam outra cabana. Às vezes batiam à porta de casas amigas. De dia. Convidavam-nos para entrar, serviam-lhes a mesa com pão, vinho, ovos, sopas, toucinho e couve e enchiam suas cabaças.

Então lhes levavam pão, vinho e linguiça ao bosque, e os filhos ou o herdeiro da chácara comiam com eles no meio das árvores. Alguns até ficavam por ali uns dias, e juntos procuravam um bom lugar no caminho real. Quando viam se aproximar carregadores, mascates ou homens a cavalo, o Clavell mandava a Elisabet se afastar e se esconder em algum barranco. Quando os infelizes chegavam aonde os bandoleiros os esperavam, ouviam-se gritos e tiros. Às vezes, deixavam-nos fugir, e outras vezes os feridos ainda estavam vivos quando ela conseguia vê-los. Perguntou ao Clavell apenas uma vez o que um daqueles homens havia feito, e ele respondeu: "Fique esperta. Pode sobrar pra você também". Quando queriam que lhes dessem comida em uma casa isolada, que não conheciam, nem sequer batiam à porta. Entravam no meio da noite. Pegavam provisões de pão e vinho enquanto os donos da casa se lamentavam e voltavam a se enfiar no bosque.

Quando a barriga começou a ficar evidente, o Clavell disse que era culpa da montanha. Estavam ao pé das Agudes. Ele dizia que o Montseny faz as grávidas perderem o juízo. Andava à frente e ela atrás, achando que ia morrer de tanta fome. E que seria até bom. Porque então não precisaria ver o rosto daquela criança plantada nela com uma semente malsã. E que morto dentro dela, como se já estivesse enterrado, comporia uma bela pilha de estrume. E que nesse estrume cresceriam árvores. Carvalhos, faias e avelaneiras, qualquer árvore, menos uma cerejeira. Às vezes o Clavell afirmava que aquele bebê se chamaria Francesc, como ele, porque seu segundo filho, a quem pusera Francesc, era uma criança tão indigna de carregar aquele nome que todos o chamavam de Esteve. Outras vezes chorava e gritava "Vou queimá-lo, vou queimá-lo, vou queimar o Montseny inteiro!". E ela pensava que seria bom mesmo se o queimasse, porque assim os encontrariam. Então mandou levá-la a Sant Segimon. Porque dizia que a Elisabet já estava farta da montanha, que não comia e não falava e só tinha olhos para o bosque. O Clavell conhecia os ermitãos e os donatos, que tinham todos as mesmas unhas azuis e as mesmas vozes açucaradas com que um dia disseram a Elisabet que ela tinha que ir embora. "Você precisa ir." Disseram. "Prenderam o Clavell e o executaram e você não pode ficar." E os músicos só puderam fazer uma festa escassa e deplorável, porque a Elisabet não sabia para onde ir, nem onde ficar, sozinha, no meio do bosque, com aquela barriga que pesava como um morto, e os pés que iam inchando, que abriam e jorravam sangue preto de podridão.

Dormiu encolhida como um musaranho. Abrigava-se nas árvores, imaginando que bicho iria comê-la, como se fosse uma perdiz recheada. Quando abriu os olhos, viu que se formara neblina, mas que não tinha morrido ainda. Estava gelada, porque as saias e a capa, empapadas, mal lhe cobriam a barriga. O bosque era branco e cinza, o ar parecia de prata. Então sentiu cheiro de lenha queimada, que lhe pareceu bom, como se aquele aroma pudesse ser comido. Imaginou que havia carvoeiros trabalhando e se levantou. A manhã era tão densa que não conseguia ver suas mãos. Andou se segurando nas árvores, que apareciam de repente, como cotovelos e braços onde se apoiar. E só percebeu que não era fumaça de carvoeiros, e sim de uma chaminé, quando ficou bem na frente da casa.

O bode e a cabra se separaram. Cada um para um lado. E a Blanca, em cima da carroça, ficou de quatro. Sorria, e se aproximou dos tornozelos da Elisabet. Enfiou a cabeça por baixo da saia para cheirá-la e a acariciou com a testa e o nariz e as bochechas. A Elisabet, que estava apoiada em um cotovelo, virou de barriga para cima. Então a Blanca levantou a roupa, puxando-a com a boca, até a Elisabet conseguir abrir as pernas como um vale. E de repente apareceram as mãos da Blanca, que eram como dois furões, donos daqueles entornos, e a Elisabet precisou abandonar as coisas em que pensava, porque aqueles furões foram escalando seus cumes e acariciando-os, desceram pelos vales e devoraram tudo que encontraram. Camundongos e doninhas e cobras, esquilos e coelhos e pardais. Comiam-nos inteiros. A pele, as penas, os ossos e as entranhas. A Elisabet gemia, mas ainda tinham mais fome. Trepavam nas árvores, subindo e descendo, procurando ovos, e se a Elisabet os agarrava, se flagrava aqueles bichos selvagens e encarniçados, então pegava-os pelo pescoço, que eram os pulsos, bem forte, e os fazia fuçar nos ninhos para que comessem todos os filhotes.

A porta externa dos chiqueiros tinha rodas e era metálica. Abriu com um rangido, e a Àngela apareceu. Era uma mulher de má conformação, corcunda, mais nova que a Blanca, mais velha que a Elisabet, de cabelo loiro, mandíbula desencaixada, nariz deformado e pernas tortas. Mancava. Olhou para as duas mulheres dentro da carroça, uma em cima da outra, e disse, sem se alterar:

— Querem o cabrito. — Falava como se tivesse um incômodo ou um caroço na boca. Depois se enfiou no cercado e se aproximou dos bichos para pegar o cabrito, que balia.

Quando a Joana as viu chegar por trás da casa, a Àngela carregando o cabrito, seguida pela Elisabet e pela Blanca, arregaçou as mangas. E tudo aconteceu bem depressa. Deixaram o bicho no chão como uma oferenda. Ele fazia bééé, bééé. As mulheres abriram uma roda. Joana, com a bunda na ponta da cadeira branca, tombou o animal no chão e, com um pedaço de barbante, amarrou suas patas. A Àngela, a Elisabet e a Blanca se agacharam e puseram as mãos em cima. Ficaram segurando. Ele quieto. Como se não soubesse que os bichos podem morrer, numa manhã fria, cercados por mãos de mulheres. A Dolça colocou a vasilha cor-de-rosa debaixo do queixo dele. A Joana pegou uma das facas afiadas que havia colocado no chão e fez um corte preciso no pescoço do cabrito. E ele produziu um som que a Àngela achou que fosse de dor, a Elisabet, de medo, a Dolça, de prazer e a Blanca, de surpresa. A Joana não achou nada. Um som de quando te matam, de olhos abertos e língua de fora. A vasilha se encheu de sangue. Tão grená que era quase preto. O cabrito se estrebuchou. A Blanca e a Elisabet seguraram suas patas. A Àngela puxou para cima sua carinha peluda e quente.

— Morreu — disse, meditabunda e séria, porque só se morre uma vez. E a Àngela, que era uma mulher insensível, teria desejado sentir a dor e gritar muito ao morrer. Gemer com a língua de fora e batendo os dentes, e estremecer, e ter uma ferida grande, supurando e esparramada, da qual vazasse muito sangue, para enfiar os dedos, e remexer e remexer, e berrar e chorar, e entender as coisas que não havia entendido e que deveria entender. E segurar na mão do Martí, o Suave, e lhe dizer "Já entendi, Martí".

A Dolça se afastou um pouco com a vasilha de sangue. A Joana atirou a faca na vasilha branca e pegou outra. Puxou o animal para perto e fez um corte em sua pata traseira. Enfiou o pedaço de bambu no buraco que acabara de abrir e soprou. A pele do animal inflou. Então o virou. Fez um corte vertical debaixo da boca dele, e mais cortes em todas as patas. "Me explica", pedia Àngela quando se escondiam. Martí, o Suave, murmurava, "É como quando espeta, como quando corta, como quando queima". A Joana pelava a pata do bicho como se o estivesse desvestindo. Quando conseguiu limpá-la, fez um sinal para que a Àngela pendurasse o cabrito no gancho da árvore. Ainda sentada na cadeira, a Joana limpou as facas na vasilha de água, enfiou as mãos nela, lavou-as e enxugou-as no pano das cerejas que trazia no ombro. Levantou-se devagar, apoiando-se nos joelhos. Chegou perto do bicho dependurado e, com dedos hábeis, separou a pele das membranas de gordura branca da carne, que era rosada, brilhante e musculosa, amarela no ventre, roxa nas patas. Quando chegou na cabeça, desvestiu o crânio. Os olhos castanhos ficaram sozinhos, desorbitados, entre a gordura e o osso da caveira. A Joana jogou para longe a pele, peluda e seca de um lado e gordurosa do outro. O Martí dizia, "Como as cócegas, como as carícias", estavam deitados, "mas do outro lado". Tinham a mesma idade porque tinham nascido quase ao mesmo tempo. Mas a Àngela, que quando apareceram os primeiros dentes já comera um quarto da própria língua e tinha roído os dedos até dar para ver o osso, de modo que a Margarida precisou fazer luvas para ela, não entendia. A Joana passou o pano das cerejas pela carne do animal, como se o enxugasse. Fez um corte debaixo de seu rabo, em direção à barriga. Abriu seu ventre cheio de órgãos cinza e azuis, que vazaram para fora. Desgrudou-os das membranas que os prendiam. Era uma confusão pegajosa, fumegante e limpa, que ela deixou na vasilha verde. Com as mãos dentro do cabrito, puxou os rins cobertos de gordura, agarrando firme, e os pelou. Abriu o peito do bicho e tirou os pulmões e o coração. "Você tá me machucando?", perguntava a Àngela. Com a faca grande, a Joana cortou a cabeça do bicho. O Martí, o Suave, respondia "Sim". Depois partiu o corpo do animal em dois. E em quartos. Mas Àngela não percebia. O Martí perguntava "E aqui?". Mas não. Só notava o peso, a aspereza dos dedos do animalzinho, a fricção, a cadência, o sangue agitado, as mãos de Martí sobre seu corpo, a boca de Martí, tão perto das orelhas, dizendo "E agora?", dizendo "E aqui?", dizendo "E assim?".

MEIO-DIA

Ahora que estoy muerta, me he dado tiempo para pensar...
Juan Rulfo, *Pedro Páramo*

O sol subiu até a metade do céu, branco e friorento, como se andasse nu. O caminhozinho vermelho jazia como uma cobra diante da casa, as folhas mais altas das árvores recebiam uma carícia desfalecida, e o casarão fechava os olhos e estendia o rosto para que os raios delicados lhe lambessem a fachada.

A Blanca e a Elisabet entraram na cozinha com os pedaços de cabrito. A Joana, com a bolsa e as facas. A Dolça, com o sangue. Àngela jogou a água suja da vasilha sobre uns arbustos e pôs nela a pele e as vísceras. Iam fazer *sosenga* de cabrito, bofes de cabrito, cabrito socado no pilão, buchada de cabrito e bolinhos de sangue de cabrito. A Joana orquestrava o vozerio. Mandou que descascassem e cortassem alhos e cebolas. E que surrupiassem da despensa uma ponta de toucinho. Que trouxessem farinha e ovos e acrescentassem ao sangue, para fazer os bolinhos. Que pegassem dos armários panelas e uma caçarola, e que enchessem a caçarola de azeite e as panelas de água. Joana acendeu cerimoniosamente as quatro flores negras. Como uma magia. Surgiram pétalas que eram chamas azuis. Em uma das panelas mergulharam uma coxa do cabrito, a cabeça aberta pela metade, com a língua dependurada, e um pouco do toucinho surrupiado. Em outra enfiaram o coração, o baço, os rins, o fígado e os pulmões. Puseram essas panelas no fogo. Na terceira, escaldaram as tripas. Quando o azeite na caçarola esquentou, despejaram colheradas de sangue misturado com os ovos e a farinha, que estalaram. E a Joana disse:

— Era uma vez um jovem pobre e uma herdeira rica que estavam apaixonados. Os jovens tinham intenção de se casar, mas os pais da moça não aceitavam que a filha se casasse com um pé rapado e diziam "Não vamos deixar você se casar de jeito nenhum".

A voz da Joana era profunda e rouca.

— Mas à vista de todos ou escondidos, os apaixonados continuavam se vendo, e uma tarde em que voltava muito triste do encontro, o jovem topou com uma velha que lhe perguntou: "De onde você vem, rapaz, tão acabrunhado?". Respondeu que vinha de namorar, mas que sua amada e ele não podiam se casar. "Por quê?", perguntou a velha. "Porque os pais dela não querem, eu não sou da sua condição."

As mulheres ouviam enquanto cortavam o resto do cabrito. As patas, partidas. As costelas, separadas. O pescoço, a golpes.

— "Vocês se amam?", perguntou a velha. E o rapaz respondeu, "Você não imagina o quanto. Mas o que adianta a gente se amar?". "Quem sabe! Tenho umas ervas que talvez possam ajudá-lo. Não é verdade que os pais dela te convidam para beber alguma coisa quando você vai lá namorar? Então, tome, um punhado dessas ervas. Você as espalha no alto da escada e, quando os sogros forem à adega buscar vinho, arrume um jeito de que pisem nelas. E tome aqui um punhado dessa outra erva, que quando for a hora irá curá-los".

Quando os bolinhos ficaram prontos, as mulheres aproveitaram um pouco do seu azeite para fritar alhos e dourar os pedaços de cabrito. Reservaram e, no mesmo azeite, fritaram a cebola. À parte, picaram pão seco com vinagre, tomilho e alecrim. Juntaram água da fervura das vísceras, dois ovos batidos, mel e canela, e levaram a mistura ao fogo. Depois banharam o cabrito nessa mistura.

— Chegou o sábado à tarde, e o rapaz, mais bem arrumado que de costume, foi ver a amada. A mãe, ao vê-lo, gritou: "Rapaz, você gostaria de beber alguma coisa?". O rapaz aceitou, e, enquanto a mulher procurava a ânfora, os dois namorados espalharam as ervas no alto da escada. E quando a velha desceu à adega, pisou bem em cima delas. Mas, ah, minhas filhinhas! Foi só esmagá-las que a mulher começou a ter a maior peidação!

As mulheres na cozinha endoideceram. A Dolça ria como uma cabra. A Elisabet, como um furão. A Àngela, como um javali. A Joana, como uma égua. E a Blanca abria a boca como um bezerro e batia pés e mãos para aumentar a algazarra.

— A mãe descia os degraus e precisava parar para poder soltar os peidos. Um escândalo! Soltava um, depois outro. Aquilo parecia uma trovoada em dia de temporal, uma panela de couves fervendo! — Berravam. — E como é que eu vou fazer agora!, a mulher dizia para si mesma, como é que pode uma coisa dessas! Como eu saio daqui agora? Não é possível! Não dá para sair assim! Apavorada como estava, chamou seu marido. O pai acudiu, mas, ao descer a escada, pisou nas ervas e, minhas filhinhas, também lhe veio uma grande peidação. Descia os degraus de dois em dois, mas os peidos saíam de três em três. E quando chegou à adega, encontrou a mulher, que, como ele, não conseguia nem falar de tanta flatulência. Os dois se abraçaram, e vocês não saberiam dizer quem peidava mais! "E como é que a gente vai sair daqui!", exclamava ela, "Eu não saio nem arrastado!", dizia ele. "Mas o que aconteceu com vocês, por que não sobem?", perguntou a filha lá da cozinha.

"Ai, que Deus nos acuda!", gritaram da adega. Os jovens desceram com o cuidado de não pisar nas ervas e encontraram pai e mãe, vermelhos como brasas, soltando peidos.

As mulheres choravam de rir. A cozinha havia se enchido do aroma delicioso, oleoso, doce e temperado da cebola, da canela, do vinagre, do azeite e da gordura.

— "Mas, então, o que houve?", perguntou a moça. "Ai, meu Deus, não conseguimos segurar os peidos!", gritaram os pais. "Ah, isso não é nada!", exclamou o rapaz, "porque eu tenho uma erva que faz cessar a peidação". "Então nos dê!", suplicaram, mas o jovem respondeu que não tinha intenção de dar as ervas se eles não permitissem que os dois se casassem. Então os velhos aceitaram, o rapaz espalhou a segunda erva pelo chão para que os sogros pisassem, e os namorados se casaram.

As mulheres explodiram em gargalhadas, gritos, guinchos e aplausos, tão espavoridos e estridentes que chegaram ao andar de cima, onde a Margarida estava sentada, irritada porque não havia sossego naquela casa. Ora eram umas, ora eram outras. Entre a algazarra impertinente da cozinha e aquela barulheira horrível provocada pela Marta, que não parava, a manhã inteira, pondo para andar e travando aquelas coisas que apitavam, faziam biiip, davam voltas e batidas. E perguntando insistentemente à Bernadeta se queria sair, se queria descer, se queria ir ver as cabras. E fazia um tempo que a muito sem-vergonha estava sentada no chão da sala como uma infiel, de olhos fechados e com as mãos em cima dos joelhos dobrados, respirando como se não soubesse respirar. O espelhinho repousava a seus pés, e os músicos que moravam ali dentro faziam soar uma música infernal. Como riram as mulheres, escandalosas e detestáveis, no primeiro dia que viram a Marta em cima daquela esteira, de quatro e se movendo como um gato. Bunda para fora, bunda para dentro. Bunda para cima e bunda para baixo. Abrindo as pernas de jeitos que uma mulher não deve abrir. E fazendo sons heréticos, "Ooommm, ooommm, ooommm", inspirando e expirando tão devagar que dava desespero. A Margarida suspirou irritada, porque a única coisa que queria era resgatar o último dia dos escombros da memória. A despedida. A última vez que viu seu homem. Mas todas juntas a faziam perder o fio de seu pensamento. Perturbavam-na. E ela não era capaz de distinguir, de separar a última visita de Francesc de outras visitas arrastadas, fortuitas e ralas como cascas de cebola.

Quanto mais ia e mais voltava, mais demorava. E quanto mais numeroso seu bando, e mais anéis, e mais capas, e mais seguidores atrás dele, o prefeito de Osor e o de Rupit com suas quadrilhas, e o duque de Feria e seus soldados, mais belo era. E quanto mais belo era, menos amava a Margarida. E mais vergonhosas, mal-encaradas, néscias e simplórias lhe pareciam as mulheres daquela casa. E mais insossa e enclausurada lhe parecia aquela chácara. E mais sujas as crianças. E mais fedida a entrada, que só de pôr o pé nela já lhe dava dor de cabeça. Olhava para a Margarida com uns olhos cheios de desdém. E a comparava. E ela sabia que estava sendo comparada. Com outras mulheronas como fuinhas. Às vezes, a Margarida ainda se preocupava pensando que o Francesc, no Céu, teria ao seu lado alguma das mulheres que havia roubado. A Anastàsia Colobrans ou a Maria Serradora, doninhas larápias. Mas depois se convencia de que não. Com certeza não. De jeito nenhum! Porque as mulheres que se deitam com homens que não são seus, Deus não as quer, e não as perdoa. Como não perdoara a Elisabet. Veneno amargo. Estrume de vícios. E olha que quando a Elisabet morreu, com a língua de fora e mijando sangue, a Margarida ficou com o coração tão apertado que não conseguia nem respirar. Porque foi a primeira a morrer. A apressadinha. Que até nisso passou na frente dela. E que terror, pobre Margarida, só de imaginar que a Elisabet e o Francesc se reencontrariam. Na Glória. E que lá em cima Deus os casaria. Mas não precisava sofrer. Não. Porque Deus não quer saber de mulheres ruins. De mulheres que fazem coisas sujas. Mulheres que são como bichos. Contra a natureza. As que se deitam com homens de outras e ficam com o que não lhes pertence. Porque a Elisabet seduzira o Francesc como uma aranha. Enfiara-se como uma peçonha dentro dos olhos, da boca, das orelhas e do coração dele, e assim, envenenado, cego e surdo como ela o tinha, sufocara a sua memória, para que esquecesse seus filhos e sua mulher, e ficara com ele só para ela, fazendo-o perder tudo. Até a sorte.

Vinha sozinho, no fim. Quando vinha. Deixava seus homens no bosque, junto ao casarão. Sentava-se à mesa e olhava para as crianças até que elas choravam. Pegava o Bartomeu e lhe repetia muitas vezes que, não importava o que lhe dissessem, ele era seu pai. "Lembre-se, lembre-se do seu pai." Ao Esteve, com muito custo, dava alguma atenção, mas de todo modo a criança choramingava. Quando chegava a noite, arrastava-se até a cama como um condenado. Deitava-se em cima da Margarida de olhos fechados, com aquele seu pinto com cabeça de cobra que, não importava o que a mãe dissesse, não tinha nada a ver com comer cogumelos. Era a única coisa que Nosso Senhor fizera feia no Francesc. E quando acabava, encolhia-se e dizia, "Deus me abandonou". Mas Deus não o abandonara. Deus, que deixou que esfolassem o cordeiro, que martirizassem seu filho, Deus o escolhera. Deus o levara à Glória com Ele. Pegara as mãos robustas do Francesc e as beijara. A boca de pérola, coberta de beijos. As mãos, perdoadas. Os lábios, perdoados. E mais dez beijocas. Uma para cada dedo. Perdoados, Deus enchendo de beijos a pele elástica e bronzeada do Francesc. Os braços e a testa e o pescoço, perdoados. Porque Deus o tinha ao seu lado. A Margarida sabia disso. Porque só com o martírio é que se vê o caminho. Como o cordeiro. Só com arrependimento. Só com os lombos abertos e dois buracos sanguinolentos ali onde deveriam estar as orelhas.

O que Deus abandonara era o *mas*, aquela chácara. E as mulheres que lá moravam, esmagadas como baratas. Ele as desamparara. Como desamparara as crianças que nasceram durante o suplício. Porque enquanto o tormento se prolongou, a paixão de Cristo, os pés desfeitos do messias subindo ao monte do Calvário, as costas esfoladas carregando a cruz, o cabelo comprido, gotejando suor e sangue, Deus apenas tinha olhos para o filho, apenas amou e chorou pelo cordeiro. Não se incomodou por mais ninguém. E todos os homens e mulheres nascidos durante o calvário ficaram na parte ruim. Enfeitiçados. Negligenciados. Para sempre. Desatendidos, encostados, condenados. E o que foi castigado não morre nunca.

E foi por estarem tão abandonadas como Deus as deixara que, num meio-dia infausto, a Margarida encontrou o princípio de todos os males, aquele que vai mais ligeiro pela montanha do que você pelo plano, na horta. Roubando nabos. Os cumes haviam acordado cobertos pelas primeiras neves, e as árvores estalavam. De manhã o céu ficara encoberto e chovera granizo misturado com neve, e depois neve apenas, e depois o sol brilhou e nevou ao mesmo tempo. A Margarida já havia pensado nisso, que aquele tempo era coisa do demônio, mas mesmo assim fora pega desprevenida. A neve tinha cheiro de limpo, e a pobre mulher não percebeu o fedor do adversário. Pensou que era do bando do Francesc. Ia vestido de homem. Feio e mirrado, puro nariz, orelhas e boca grande. Furava a neve de modo vil, com as mãos vermelhas. A Margarida o chamou, "Ei, você!", e ele se assustou, "Onde está o Clavell?". Primeiro a cara do gatuno foi de surpresa, depois de complacência. Disse, com voz simples, clara, "O Clavell não volta mais, porque a perseguição é cada vez mais persistente e a maioria dos seus homens já morreu". Colheu um nabo redondo como um punho e acrescentou, "E porque agora ele tem outra mulher". O peito da Margarida se revirou como um ninho de cobras, e lhe sobreveio uma baforada de partes baixas, de pés, de podridão, de decadência e de cabra. Que Deus a perdoe. Que Deus a perdoe porque em vez de fazer o sinal da cruz, em vez de atirar-lhe pedras, punhados de neve gelada, em vez de persegui-lo como um cão, em vez de gritar, "Assassino covarde, besta traiçoeira, abutre!, gavião!, inimigo!, ladrão!, fora, fora!", e de abrir o coração ao Senhor, à Virgem e aos anjos, suplicando que a salvassem, ouviu-o. "Para cada nabo que você me deixar pegar lhe direi uma coisa que você quer saber." Chamava Elisabet, a mulher que o acompanhava. O maligno arrancou outro tubérculo. Era uma mulher de boa estatura, aparência agradável, cara branca e vida turva. A Núria fugira para se casar com um ajudante moleiro, mas entre Sant Joan de les Abadesses e Ribes de Freser trocou-o pelo Clavell. Margarida repetia consigo, quem tiver sede, aqui tem água, água do coração de Jesus, que é um poço de água clara, que quanto mais água se tira dele mais água tem, mais pura e mais diáfana. Mas quando o Clavell quis mandá-la de volta aos seus, Elisabet não concordou em se afastar, e diziam as más línguas que havia jurado se matar se o Francesc a afastasse de seu lado. A besta negra fazia uma cesta com os braços para segurar tantos nabos.

Tal como o demônio previra, Francesc não voltou. E quando os homens do vice-rei arrancaram as portas do casarão perguntando, "Onde está o Clavell? Onde vocês o esconderam?", A Margarida respondeu, "Não sei", e era verdade. Levaram as crianças, a sogra, a cunhada abobada e a mulher do bandoleiro até o alpendre e as obrigaram a vê-los queimando o palheiro e o celeiro, salgando a horta e os campos, derrubando as azinheiras e cortando o fluxo da seiva de carvalhos e castanheiros, degolando os animais de criação e se enfiando no casarão com tochas e a cavalo, para que naquela casa o Clavell não pudesse mais se refugiar.

A Margarida disse a si mesma, "O Clavell tem outra mulher". Mas sua barriga havia crescido desde a última visita do Francesc. Disseram-lhe, "Você é a mãe dos filhos dele". Prenderam-na. E a Margarida suplicou que, por favor, matassem-na logo. Em vez disso, amarraram-na atrás de um dos cavalos e a arrastaram por um caminho cheio de espinhos que não terminava nunca. E então ela ouviu. Inconfundível como um trovão, no fundo dos ouvidos. A voz de Nosso Senhor, que lhe dizia,"Foge de mim, maldita". O clamor terrível saía do meio das ancas da montaria, "Entra no fogo do inverno que o demônio e seus ministros prepararam para ti. Enfia-te nas trevas com a serpente que não descansa". E enquanto escalavam montanhas de esterco e fogo, e desciam por vales de brasas onde o vento bramia e as árvores cobertas de gralhas e corvos guinchavam, a voz incessante a fustigava, "Porque te cinzelei e tu te fizeste serva de outro", tão ensurdecedora que a mulher quase não distinguia as palavras, "Afasta-te de mim, endemoninhada, que te dei ouvidos e escutaste outro". A Margarida olhava aterrorizada para a bunda do cavalo e negava com a cabeça, "que te dei boca e confabulas com outro", ela se atravancava, mas o clamor continuava, "que te dei olhos e olhaste as trevas".

Então a mui desgraçada se deu conta de que não eram homens do vice-rei que a levavam embora. Eram demônios. Observou as margens daquele caminho terrível e viu fileiras de animais esfolados, abandonados ao sol. Córregos de sangue e vísceras fétidas que regavam fileiras de hortas plantadas em terra putrefata. Distinguiu o mar, feito de águas infectas e sangue. E as muralhas de fogo e pedra do inferno, flanqueadas por legiões de demônios disformes, providos de todo tipo de armas. Foles, caldeiras, frigideiras, facas, grelhas, machados, punções, enxadas. Ouvia-os rindo, e do alto dos muros e das atalaias gritavam "Amarrem-na! Amarrem-na, mas não amarrem as mãos, amarrem-lhe o coração!", enquanto as portas, que eram bocas acesas, engoliam-na. O inferno tinha cem mil torres e ruas e fornos e poços de olhos flamejantes, onde as almas proscritas eram decapitadas e esquartejadas, furadas e assadas, refogadas e açoitadas, digeridas e ainda vomitadas, cavalgadas e dependuradas pela língua e pelos genitais, desmanchadas como banha em grandes frigideiras, para depois serem golpeadas com malhos e maças, manipuladas com tenazes ardentes e modeladas em formas horríveis. Aqueles demônios enfiaram Margarida numa goela dentada e sinistra, arrastaram-na por corredores cheios de nichos e escadas providas de arestas que fediam a carne estragada e a esterco. Ouviam-se gritos por toda parte. Correntes sendo reviradas. Vozes que proferiam toda classe de blasfêmias e palavras impuras. Algumas malديziam a língua, os olhos, as mãos, outras malديziam seus pais, suas circunstâncias, o momento em que haviam sido condenadas. Gemiam, queixavam-se do martírio e diziam "De onde tiraram isso, mãos amaldiçoadas?! Eu me equivoquei, eu me perdi!".

Os soldados do vice-rei trancaram a Margarida na prisão do Corregedor. Numa cela com outra meia dúzia de almas condenadas e punhados de ratos. O sol nascia, e não o viam. O sol se punha, e não o viam. Porque os reclusos nunca saíam dali de dentro. O pátio e a janela gradeada eram só para os homens. O ventre da Margarida terminou de crescer no escuro, como as coisas podres, que incham e se enchem de suco e de moscas. Pedia de joelhos a Nosso Senhor que a perdoasse. Que viesse buscá-las. Ela e a criança que trazia dentro. Que lhe abreviasse o sofrimento. Que não lhe pusesse no prato da vida mais do que era capaz de comer. Mas, como se fosse mentirosa, como se fosse enganadora e fossem falsas as preces e as súplicas, pariu como um bicho. De noite e em silêncio.

Coberta de suor, jorrando tanto sangue e sujeira que nem dava para ver. E quando as outras presas ouviram, todas putas, alcoviteiras e enfeitiçadoras, todas deformadas e monstruosas de tanto fedor e tanta escuridão e de tantas maldades cometidas, todas assassinas dos próprios filhos e dos próprios pais e de seus maridos, foram ajudá-la. Faziam, "shhhh" e apalpavam seu ventre e seguravam suas mãos e afastavam seu cabelo do rosto. E assim, aberta, de bunda para fora e com a criança a meio caminho, de cócoras, mijando e cagando, Margarida pediu aos gritos. Cega. Por favor, por favor, que pegassem Francesc e o matassem de forma crua e lenta, para que tivesse tempo de lembrar-se dela. E que também pegassem e matassem, de forma também crua e lenta, a fuinha que andava atrás dele. O bebê escorregou para fora, coberto dos líquidos escuros que saem de dentro das mulheres. Quando o carcereiro ouviu o choro, abriu a porta da cela. Entrou uma nesga de luz, e uma das mulheres de mãos quentes que velavam Margarida enquanto ela expulsava a bolsa disse "Este pequeno tem cara de raposa". O carcereiro voltou a fechar a porta, e Margarida ficou bem quieta, e esperou que o menino morresse, sem lhe dar nome, para que não despertasse muita pena quando os ratos lhe comessem os dedos.

Quando perguntavam à Elisabet como tinha sido, como tinham capturado o Clavell, ela dava de ombros. A Margarida imaginava os dois de braços dados. A Elisabet... como reluzia. Não era só na barriga que se notava, mas também nos olhos, na graça, que estava grávida. Tinham batido à porta de alguma casa amiga. Da viúva Saavedra ou da mãe do Boi. Os filhos da mulher haviam descido para abrir a porta, o Francesc entrou, a Elisabet ficou do lado de fora, e depois de um tempo uma das filhas lhe trouxe comida. Depois se despediram em meio a lágrimas, e o Francesc a abraçou e disse, "Elisabet, senhora, amiga, mulher, companheira". Um ajudante levou a Elisabet a Sant Segimon, e o Francesc ficou naquele *mas*, onde em troca de salvar a própria pele alguns de seus homens o venderiam. Dispararam em suas costas, para depois amarrá-lo e entregá-lo à milícia da cidade. E um médico de Santa Coloma de Farners o curaria e o manteria vivo para poder entregá-lo aos homens do vice-rei.

Levaram-no à prisão do Corregedor e o populacho lhe dedicou uma canção. As mocinhas choram, choram de aflição, porque o Clavell agora foi parar lá na prisão. Mas não deixaram que o Francesc e a Margarida se vissem. Como se já não fossem mais marido e mulher e não valessem mais as leis de Deus. Como se a Margarida estivesse naquele calabouço por sua conta. E quando já haviam deixado por escrito todas as coisas que o Francesc confessou depois de invocar a Nossa Senhora de Montserrat para que parassem de torturá-lo, e todas as que não confessou, mas convinha a eles que dissesse, condenaram-no por bandoleiro, por chefe de quadrilha, por ladrão, salteador de caminhos e assassino. E o sentenciaram a cem açoites, a ser desorelhado, exibido numa carroça, aferrado com tenazes e esquartejado.

Trouxeram-no montado num asno e o açoitaram na praça do Blat, na rua de la Bòria, na praça de la Llana, na rua Calderers, na praça de Marcús, na rua e na praça de Montcada, atrás do Palácio da Rainha, na rua dels Encants, na rua Ample, na rua Regomir, na rua de la Ciutat, na praça de Sant Jaume. Cem vezes. As costas abertas como um porco esfolado no dia da matança. Procuraram as orelhas no meio do cabelo emaranhado, acharam-nas, como dois caracóis, e as cortaram fora. O sangue escorria pelo pescoço, pelos ombros, aos borbotões. Trouxeram tenazes em brasa e arrancaram carnes do lombo, como aves bicando seu cadáver. Mas não estava morto, ainda. E gritava. Gritava e gritava, sem vergonha de gritar, enquanto as pessoas assistiam à execução em pé na rua, de todas as janelas e todas as sacadas, lambendo os lábios, porque o cheiro de gordura em contato com o ferro em brasa parecia de toucinho. Então perdeu a consciência. Todo coberto de sangue vermelho, grená e preto, e a única coisa que não notou foi como quatro cavalos abriram seu peito em quatro partes. Depois o levaram para passear. Aos pedaços. Pelas ruas da cidade. Quando as mãos passavam, sozinhas, cada uma por si, mãos que nunca haviam estado tão sozinhas, os doentes, os feridos, os coxos, as crianças aleijadas acariciavam suas úlceras, caroços, tocos e cabeças com os dedos de unhas roxas do Clavell, para que levasse com ele para o inferno seus males, suas doenças, suas aflições. Quando os pés passavam, sozinhos, cada um por si, pés que nunca haviam estado tão sós, crianças desdentadas lhes davam pontapés e cuspiam neles. Quando a cabeça passava, as pessoas arrancavam seus cabelos para fazer relíquias. E quando o deixaram calvo, enfiaram-no em uma gaiola que penduraram em uma das torres do portal de Sant Antoni, de olhos abertos para que visse o que não precisava ver. *Anima eius requiescat in pace. Amen.*

Então a Marta disse à Bernadeta que lhe havia trazido o almoço, mas que se quisesse comer teria que sair da cama e se sentar à mesa da sala. A casa se encheu de um cheiro úmido, quente, requentado, de verduras e ossos de frango remolhados. A Margarida, que ainda girava os polegares, parou e segurou os cotovelos com as mãos. A Marta ajudou a Bernadeta a sair da cama. Trouxera um copo d'água, um prato de sopa, um guardanapo e uma colher. A sala era um aposento espaçoso, quadrado, com uma janela com grade e uma sacada falsa, de um palmo. As paredes eram brancas, as vigas, escuras e carcomidas, e o chão era de lajotas de cor tostada. Havia uma mesa maciça rodeada de cadeiras onde nunca ninguém comia. Só a Bernadeta, nos dias em que não queria descer. A velha se sentou e tossiu. Uma tosse pequena. Suspirou. Colocou o nariz em cima do prato, pegou a colher bem devagar, as mãos manchadas e cheias de veias, parecendo de vidro, e a mergulhou. Levou-a à boca entreaberta. Projetava os lábios e sorvia. Concentrada. Respirava e enfiava a colher de novo. Tirava-a, metódica. Perdia metade do caldo no caminho e engolia. A Marta perguntou se a sopa estava boa e a Bernadeta emitiu um som rouco que queria dizer que sim. Então a Marta acrescentou que a Alexandra passaria em algum momento, depois do almoço, para pegar a roupa. E que a Rosa viria, como todas as tardes, mas que hoje viria com os filhos, porque o David, seu marido, havia tido um acidente com o caminhão. A Bernadeta sorvia, bebia o pouco líquido que conseguia transportar, e respirava. As crianças ficariam na cozinha fazendo a lição, dizia a Marta. E explicava que o marido da Rosa não sofrera nenhum arranhão, mas o caminhão cheio de porcos que ele levava ao matadouro tinha virado, e muitos porcos haviam morrido. Alguns do susto, outros por não poder respirar, amontoados, e uns quantos haviam escapulido pela montanha e ainda estavam sendo procurados. O David tivera que ir falar com o pessoal da seguradora, e por isso as crianças não tinham com quem ficar. A Bernadeta não a ouvia.

    As mulheres na cozinha tiraram a perna de cabrito, a cabeça partida e um pouco de toucinho de dentro de uma panela fervente e separaram a carne dos ossos. A língua, da boca. O cérebro, do crânio. E picaram tudo miudinho e puseram de volta no fogo, com o próprio suco, e mais pão velho, leite, pimenta e ovos. Havia duas moscas na janela. Perseguiam-se. Pousavam ora na parede, ora na mesa, ora na bancada. Eram dois pontos pretos, com bundas douradas e asas cinza, que zumbiam. Lambiam as patas peludas e depois as esfregavam. A primeira mosca estendeu as asas, mas não voou. A segunda chegou perto. Primeira tentativa, depois outras. Até que uma trepou nas costas da outra e ficaram assim, encavaladas. As duas com os olhos imensos e as asas quietas. Delicadas e dissimuladas. Como se não se tocassem. Mas se tocavam, sim. Como se não se esfregassem. Mas se esfregavam, sim. A Blanca as observava.

A Margarida lhe dizia, "Porcalhona, mas que porcalhona!" e "Depravada" e "Não olhe, não olhe!", porque a Blanca olhava. Olhava para os porcos, que eram quentes, peludos e pesados, e tinham o focinho carrancudo e molhado, e os olhos pequenos e brilhantes. Cheiravam e comiam. Raspavam o chão do chiqueiro como quem não quer nada, e depois se coçavam. A cabeça do porco debaixo da barriga da porca. A nuca do porco debaixo da papada da porca. E então ficavam em fila, e o porco lambia a bunda dela, debaixo do rabo. A porca tinha o pescoço robusto, as ancas duras e a fenda molhada, protuberante, que supurava. O porco tinha as costas encurvadas, os lombos imensos, e o negócio que pende, cor-de-rosa e fino, enrolado como um verme. E subia em cima dela, desajeitado, mas não acertava. A fenda da porca o esperava. Grunhiam. A porca quieta, com as quatro patas no chão. O varrão empinado, apoiado em cima dela como se estivesse muito cansado, como se fizesse séculos que estivessem se amando. E então acertava, e davam trancos curtos e seguidos, até que a Margarida gritava, "Porcalhona, porcalhona, depravada!". Mas mesmo sendo repreendida pela Margarida, a Blanca continuava olhando. A gata se espreguiçava toda e gemia, com a bunda para fora e o rabo levantado. O macho a observava a certa distância, e de repente chegava perto, mordia a sua nuca e se aferrava a ela. Pressionava-a contra o chão e ela se queixava. Mexia as patas, esmagada. Depois ficavam quietos, tensos, arredios e concentrados, um em cima do outro. Apertando-se, roçando-se. O gato mordiscava as orelhas dela. Até que de repente desgrudavam. Corriam, bufavam, arranhavam-se.

Depois que os homens do vice-rei queimaram o casarão e levaram Margarida embora, ninguém repreendia a Blanca, porque a Joana só ria e o Bartomeu e o Esteve só choravam. A única coisa que se ouvia dentro daquela casa escura e meio em ruínas eram as gargalhadas de uma, e os soluços dos outros e o ronrom das barrigas, mortas de fome. A Blanca não fazia nenhum som para não assustar os bichos que olhava. As corças tinham as patas finas, a cabeça pequena, os olhos negros e as bundas brancas. Primeiro se perseguiam e depois ficavam quietas. O macho ficava junto à fêmea e cheirava a bunda e a fenda. Lambia-a um pouco, com uma língua rosa-claro, e caminhavam mais. Então a lambia mais, e caminhavam mais um pouco. Até que o macho montava nela como se não pesasse nada, mas a fêmea o fazia desmontar. Caminhavam. E voltavam a tentar. Em cima, embaixo. E a lambia. E montava de novo, e ela avançava, e ele caía, e a lambia, e trepava, e descia, e então, pronto. As raposas faziam tique-tique-tique com as patas rápidas. Procuravam-se com o corpo agachado e o rabo arrastando. Brincavam. Aproximavam-se e se afastavam. A fêmea esfregava o pescoço branco no chão, insinuante, sacudia-se e colocava a bunda perto do nariz do macho, que dava um grito agudo e a montava. Assustado. Moviam os quadris freneticamente, com as orelhas abaixadas, os olhos amarelos e redondos e as bocas abertas. E, quando terminavam, queriam se soltar, mas não desgrudavam. Não conseguiam! Tinham ficado presas uma dentro da outra. E davam cambalhotas torpes, ficavam às vezes quietas, outras vezes desarvoradas, cheirando e arranhando o chão, grudadas pelas vergonhas, tentando ir cada uma para um lado. As lebres se perseguiam. E de repente se viravam. Levantavam-se, encaravam-se, golpeavam-se com as patas dianteiras, fru-fru-fru-fru, e parecia que não queriam saber uma da outra, mas queriam sim, porque de repente uma enfiava a cabeça debaixo do pescoço da outra, a cara no ventre macio da outra, e uma punha a barriga rente ao chão e levantava a bunda, e a outra subia nas costas dela, as quatro orelhas erguidas, e titilavam com delírio.

 Um dos homens do Clavell subiu até a casa para avisá-las. Mas quando viu o casarão arrasado, os campos e as árvores devastados, gritou "Malditos! Víboras! Desgraçados!". Enfiou-se pela entrada arruinada, ainda berrando, "Malditos! Víboras! Desgraçados!". E se calou quando encontrou a Blanca, a Joana e as crianças encurraladas e arrepiadas como gatos. Disse que se chamava Miquel Paracolls, que era de Malla, e havia subido ali para avisar que já tinha acontecido. Que já haviam justiçado o Clavell. Joana riu como um asno. Estava sentada em seu banco, que era a única coisa que os homens do vice-rei não tinham destruído, e o homem olhou para ela sobressaltado. A velha jazia sobre um charco da própria urina, estava com a saia preta de tantas moscas, a almofadinha de esparto apodrecida, e uma bochecha e um olho e metade da boca caídos, porque do susto de ver arder a casa e com os gritos que a Margarida dera quando a levaram embora, a Joana sofrera um derrame. Não conseguia mexer o braço direito, nem a perna direita, e quase não falava, só ria, de vez em quando, como se os homens do vice-rei também tivessem entrado dentro da cabeça dela, com tochas e a cavalo. A Blanca serviu sopa de urtigas ao Miquel Paracolls de Malla, e o homem a tomou com avidez, sem colher, no chão, porque não sobrara nenhuma cadeira inteira. Tinha a cabeça pequena, o cabelo como palha, as gengivas vermelhas e os dentes brancos. E a Blanca pensou que parecia um cachorro. Quando terminou de comer, o homem começou a chorar. Franzia a testa, contraía a boca e abria um buraquinho entre os lábios por onde saía uma voz esganiçada que dizia que as tropas do vice-rei haviam arrancado as portas de todos as casas dos cúmplices, de todas as casas degradadas, dos que eram amigos e dos que não eram. Que em Roda de Ter haviam dado morte a metade dos homens, acusados de terem escondido o Clavell. Ninguém mais quis subir para ver se as mulheres e as crianças estavam vivas, nem se a casa estava em pé, porque todos estavam mortos, ou mortos de medo, o que dá na mesma. Mas eram duas coisas diferentes. A voz e o homem. O cachorro e as coisas que dizia. "Eu briguei", gemia, "meu pai morreu e eu briguei com um vizinho nosso, chamado Antoni Maneja. Porque meu pai devia trigo ao tal Maneja, e, quando o velho morreu, o desgraçado levou de nós todo o trigo que quis". Soluçava. Aproximou-se engatinhando da Blanca, e contou que mais tarde tinha ido buscar o Clavell e que pedira a ele que matasse o Maneja. Haviam-lhe disparado dois tiros. Um atrás do outro. Na porta da casa dele. Depois queimaram seu casarão e os estábulos. Tinha a língua molhada e a fuça cheia de muco. A baba e as lágrimas gotejavam. A Blanca segurou a cabeça dele e enfiou um dedo no orifício de onde saíam as palavras. Os lábios estavam ressequidos. A carne de trás era quente e molhada. O fiozinho de voz chorosa e lamuriosa se deteve. Acariciou suas gengivas, que eram lisas e escorregadias. Os dentes de cachorro espetavam. As crianças e a Joana fingiam estar dormindo. A Blanca introduziu outro dedo. A língua se mexia sozinha. O Miquel Paracolls, como um cãozinho, lambia-lhe os dedos. Abanando o rabo. Fechava os olhos e os chupava. Sua língua morna se enfiava entre o polegar e o indicador, o anular e o médio, e então a Blanca arregaçou a roupa. Enfiou-o debaixo da saia, para que a cheirasse, como se ela fosse uma cadela. Cravou as ancas no rosto dele, para que lhe beijasse a bunda, primeiro com suavidade, com uma língua delicada, depois rápido, com uma língua impetuosa. Porque a Blanca queria que aquele homem a atacasse pelas costas, com o pau cor-de-rosa, pequeno mas duro, do jeito que os cães grudam nas costas das cadelas, com seus pintos cor-de-rosa, pondo a língua sedenta para fora. O Miquel Paracolls de Malla uivava. As coxas se chocavam, impacientes, os golpes eram desenfreados, a cadela queria mais, e as sacudidas eram tão fortes, tão brutais, que as pernas tremiam.

    A porta da cozinha abriu e a Marta entrou. Empurrou a porta com a bunda porque vinha carregando a bandeja vazia do almoço da Bernadeta. As mulheres pegaram o coração, o baço, o fígado, os rins e os pulmões de outra panela e os cortaram em tiras. Marta deixou tudo em cima da bancada. Enfiou-se na despensa. Voltou de lá com um prato coberto por uma membrana transparente que colocou dentro de uma urna de vidro. As mulheres fritaram o coração, o baço, o fígado, os rins e os pulmões e acrescentaram cebola crua e um pouco do caldo de seu cozimento, pão velho, e mais vinagre e ervas, muitas ervas. Cortaram as tripas também em tiras e voltaram a ferver. Quando soou o sininho, Marta arrancou a membrana do prato e o pegou com as pontas dos dedos porque estava muito quente. Levou-o à mesa, encheu um copo com água e se sentou. Colocou os óculos sobre o nariz e pegou o espelhinho. Acariciou-o, encostou-o no copo, e de repente os músicos que viviam ali dentro tocaram uma música alegre, e o espelhinho lhe mostrou primeiro paisagens extravagantes e depois um bando de homenzinhos pequenos que também se sentaram em volta de uma mesa de xadrez verde e branco, coberta de bandejas, tigelas, frigideiras, taças, copos e pratos cheios de comida. Blanca inclinou-se atrás de Marta para ver. Eram anões barrigudos, de cabelo escuro e curto, alguns carecas, com correntes de ouro em volta do pescoço e anéis nos dedos. Marta deu uma primeira mordida, gemeu e bufou. Tomou água. As duas moscas friorentas zumbiam e voavam da janela até o prato da Marta, que as espantou com a mão. Os homenzinhos dentro do espelhinho falavam. Remexiam a comida com garfos e colheres. Para lá e para cá. Diziam blá-blá-blá, levavam a comida à boca e mastigavam, sem parar de falar.

Quando a Margarida voltou ao casarão, repreendeu a Blanca como se não tivesse ido embora. Chamou-a de "Porcalhona, porcalhona!" e "Animal!", porque as mulheres e as crianças tinham vivido e dormido e mijado e cagado aquele tempo todo na cozinha, "Como animais, como vermes, bichos do mato!". A Margarida chegou com os olhos fervidos como dois ovos, uma criança séria e sem nome no colo, e uma autorização do vice-rei para reformar a casa. Disse "Chega, acabou!". E todos acreditaram. Apontava para as vigas, as paredes pretas, a lareira, o entulho, o que restava da escada, as camas esfarrapadas, o mato que crescia dentro da casa, as moscas, as baratas, cascas, cinzas, a almofadinha de esparto apodrecida. E a Blanca, o Bartomeu e o Esteve, seguindo suas ordens, limparam e repararam os destroços. Até aquela criança taciturna e séria que ainda não sabia andar, que a Margarida chamava de Raposa, fazia o que lhe mandavam. Se a mãe lhe dizia, "Não se mexa", não se mexia, "Não chore", não chorava. A única que não obedecia era a Joana. Só ria. A Margarida cobria a boca dela, dizia "Shhhh", porque não queria que ninguém que andasse por perto a ouvisse e as descobrisse, e ameaçava amordaçá-la se não ficasse muda. De vez em quando, a Margarida olhava para a barriga da Blanca, que tinha inchado, e perguntava compungida "O que fizeram com você? O que fizeram? Malvados. Malvados. Coitada, coitada da Blanca". A Blanca encolhia os ombros, mas a Margarida, que não esperava resposta, exclamava que não entrariam mais homens naquela casa. Listava, "Nem ladrões, nem arrieiros, nem homens do vice-rei, nem salteadores, nem peões, nem mestres-lobeiros, nem soldados, nem pretendentes, nem cavalariços, nem diaristas, nem comerciantes, nem viajantes honrados, nem vendedores, nem distribuidores, nem carvoeiros, nem desertores de guerras, nem transeuntes! Chega. Ninguém. Acabou". Falava com tamanha veemência, tão brava, tão imperiosa e imperativa, que a casa também acreditou. Encolheu dois palmos para se esconder e para que não a encontrassem. E então, quando a Blanca e as crianças limpavam ervas daninhas e cavavam na horta, Margarida virava e gritava para avelaneiras, bétulas, ervas-de-santa-maria, carvalhos, azinheiras, amoreiras e malvas, para que engolissem os roçados, os terraços, os cultivos, as trilhas e os caminhos. Tudo menos aquele pedação de casa e aquela pequena horta. E à noite ouviam as árvores, que, obedientes, crepitavam e as abraçavam, comiam os caminhos e os atalhos, adensavam-se, apertavam-se e enredavam-se de mãos dadas. De madrugada, vales e encostas rangiam, espremidos. Os barrancos e baixios estalavam. Nascentes e torrentes se multiplicavam. A neblina erguia-se cochichando, numa manhã sim, na outra também, e envolvia tudo com tanto cuidado que muitas vezes o sol se punha e ela ainda não havia se espalhado. Foram guardadas e emboscadas com tamanha avidez por todos que aquela chácara caída em desgraça caiu também rapidamente no esquecimento do resto dos povoadores esparsos das redondezas, e tão oculta ficou que até a passagem do tempo acabou por esquecer a casa, e os anos deixaram de se ocupar dela e das mulheres que a habitavam. E assim, durante muitos anos, todos os acontecimentos do mundo que alguém queira citar ocorreram, ignorantes e ignorados por aquele casarão entocado.

 Um dos anões do espelhinho da Marta ficou bravo. Gritou e apontou para o homenzinho ao lado dele. Todos os outros pequenos senhores disseram eee e ooo e se afastaram da mesa. Ergueram as mãos. O anão colérico proferiu ameaças, mas pouco depois o convenceram a fazer as pazes, e ele continuou deglutindo e resmungando. Quando terminaram de comer, vieram umas mulheres diminutas e nuas e dançaram. Os homenzinhos as olhavam com olhos e dentes brilhantes. Mais tarde vieram mais senhores pequenos de sobrancelhas pretas e dedos gordos, mas a Marta tocou o espelhinho e os anões ficaram parados. Com cara de irritação. A Marta retirou o copo e o prato vazio. Amontoou-os na pia e saiu da cozinha. Ouviram-se seus passos subindo a escada, parando no quarto da Bernadeta, atravessando a sala, entrando no banheiro, descendo a escada de volta. Assobiava. Todo dia àquela hora a Marta saía do casarão. Agasalhou-se e saiu. Subiu no carro sem cavalos e foi embora.

As moscas voltaram a pousar na bancada. Agora não subiam mais uma em cima da outra, agora lambiam os esguichos. A Elisabet e a Blanca coaram as tripas. Escorreram-nas e fritaram com cebola picada, salsinha e vinho. E a Blanca pensou que quando a Margarida havia dito que naquela casa não entrariam mais ladrões, nem arrieiros, nem homens do vice-rei, nem salteadores, nem peões, nem mestres-lobeiros, nem soldados, nem pretendentes, nem cavalariços, nem diaristas, nem comerciantes, nem viajantes honrados, nem vendedores, nem distribuidores, nem carvoeiros, nem desertores de guerras, nem transeuntes, não fizera nenhuma menção a não deixar entrar fuinhas, nem mulheres sujas, nem ginetas, nem doninhas, nem putas, nem vagabundas, nem esterqueiras de vícios, nem portas por onde o demônio se enfia dentro dos homens e os transforma em grandes pecadores. E por isso, ainda que a Margarida gritasse "Não, não, não! Que vá parir no bosque, que as raposas comam a criança dela!", quando a Blanca viu a Elisabet no alpendre, como um bicho extraviado no meio da neblina, pegou-a pela mão e a enfiou dentro do casarão. Tinha os dedos gelados, e a barriga ainda mais protuberante e grande que a barriga que a própria Blanca carregava. Pareciam um espelho. E desde aquele dia, a Blanca e a Elisabet tinham se amado. De todas as maneiras que há para amar. Como as corças. Com delicadeza. Como as galinhas. Encolhidas. Como os patos, com força bruta. Como as cabras, afoitas. Como as lebres, brincalhonas. Como os cães, sedentas. Como as moscas, dissimuladas. Como os gatos, sem piedade. Como as raposas, insinuantes. Como os porcos, como se fizesse séculos que se amassem.

TARDE

En hitt veit eg eigi hvaðan þjófsaugu eru komin í ættir vorar.

Brennu-Njáls saga[6]

O céu ficou encoberto. Primeiro chegaram brumas claras, esgarçadas, rápidas, voando baixo. Depois castelos escuros e carregados, arrastando rajadas e redemoinhos, pássaros devoradores de insetos e insetos encurralados. As folhas secas e os galhinhos voejavam rente ao chão como se quisessem escapar. Um capuz pesado cobria os picos. E enquanto as nuvens se encostavam no casarão como um rebanho recolhido, o sol enfiava uns dedos finos e alaranjados entre os vãos, e toda vez que as nuvens os abriam, as árvores estremeciam de repente, como se tivessem sido empurradas. A casa, resignada e impassível, dava as costas ao negror que se congregava em seu telhado, como se o cheirasse.

Na cozinha, as panelas e os caldeirões faziam chup-chup. O suco da *sosenga* era avermelhado e oleoso. O dos bofes, torrado e espesso. O das tripas, escuro e com grumos de salsinha. O guisado de carne era uma massa clara e borbulhante. Joana pegou uma colher e provou a *sosenga*. Fez, "humm, hummm, hummm!", e

[6] Mas não consigo imaginar como esses olhos de ladrão se imiscuíram em nossa estirpe (*Saga de Njál*).

passou a colher para que as outras mulheres lambessem. Depois provou os bofes e as tripas, e entre exclamações apagou todos os fogos, menos o do guisado de carne, que só mexeu. Sorriu com satisfação mostrando as falhas nos dentes. Cobriu os bolinhos com um pano e os caldeirões com tampas desparelhadas. Uma estava meio amassada, outra era azul com pontinhos pretos e outra era grená. Então a Joana mandou a Àngela limpar o fogão, a bancada e a mesa, que estavam cheios de peles e cascas e manchas de óleo. Ordenou que a Dolça varresse. E que a Blanca e a Elisabet lavassem os potes, os pratos, os talheres e os utensílios sujos.

Quando chegou ao casarão, a Elisabet dormiu um sono mais escuro do que se tivesse caído morta à beira do caminho. A virgem a quem rezava para que matasse o moleiro de Roses e o Clavell aparecera em meio à névoa e a pegara pela mão. A Elisabet a seguira e se deixara agasalhar com uma manta. A mãe de Deus não falava, só olhava. Também estava grávida. E quando a Elisabet despertava, curava-a. Esfregava seus pés. Fazia-os reviver, e a Elisabet adormecia. Quando acordava, dava-lhe os tornozelos para que os tocasse como se os estivesse refazendo. Adormecia. E quando despertava, as carícias subiam por suas pernas, como joaninhas. Sonhava, e quando abria os olhos a ternura chegava a seus joelhos. Dormitava mais, e a meio caminho entre reanimada e letárgica, gemia com os olhos entreabertos para ter certeza de que aquelas mãos de santa e de ferinha, que não eram como nenhuma das mãos que a Elisabet conhecera antes, todas de homens e cheias de farpas, a encontrariam. Os dedos da Blanca eram maternais e selvagens ao mesmo tempo, torpes e também hábeis, sujos e ao mesmo tempo limpos, mudos e também cegos, e se guiavam pelo tato, pelos suspiros e quenturas, e ignoravam os lugares que outra mulher pode acariciar em você e os que não pode. A Elisabet grunhia para atiçá-los, como quem não quer aquilo, primeiro dissimulada, envergonhada, confusa, depois ávida, impaciente e desejosa de que continuassem com a sua barbárie e a apalpassem inteira. De que percorressem suas coxas, como pernis, agarrassem sua bunda sem titubear, tocassem suas costas e o ventre duro, apertassem seus peitos e se entocassem entre suas pernas, ali onde sempre é escuro. Às vezes, a Elisabet chorava. Cheia de água. Sem dizer nada, porque a Blanca não lhe pedia. Apenas se deitava ao seu lado e bebia suas lágrimas. As duas barrigas cheias, uma criança em cada uma, chocavam-se. E quando uma lágrima da Elisabet deslizava perto do nariz, fazendo um caminhozinho que caía sobre os lábios e se enfiava em sua boca como uma formiga dentro de um formigueiro, a Blanca a engolia também.

Primeiro foi a Elisabet que se abriu. Com o ventre deformado, gigantesco. O mal-estar crescia e a inundava. As pernas enrijeciam. A dor se retirava, e a Blanca lhe fazia cócegas na dobra dos braços. Mas a dor sempre voltava, como as ondas. A Elisabet tentava se segurar, mas o mar a levava. Abria os olhos e não via nada, abria a boca e só engolia água. Sentia os ossos separando-se. Havia visto um afogado uma vez. Com os lábios roxos, os olhos comidos e a barriga como a dela, inchada. A maré de ondas vinha e ia. A água estava fresca, azul. Depois voltava. Levava-a até o fundo e a afogava. A Elisabet gritava, mas vertia água. Berrava, mas punha água para fora. Chorava e jorrava água. Então as ondas de dor recuavam. A Blanca esfregava suas costas e as pernas. A Elisabet tomava ar, ofegante, mas os golpes do mar insistiam, intoleráveis. Murmurava, "Não". Gemia, "Não". Mexia a cabeça, "Não!". Levantava, desajeitada e indefesa, incapaz de ir a qualquer lugar. "Não quero, não." E a Margarida, que fervia louro, artemísia e lírio amarelo, ouviu-a e, cheia de um veneno que dependendo também podia ser um unguento, gritou, "Para que a criança saia, primeiro é preciso torturar a mãe! Todas nós que estamos aqui, olhe para nós!, todas nascemos de dentro de nossas mães! Todos os bichos nascem de dentro das suas mães".

A Blanca não saía do lado dela. Pensava nas porcas que bufavam e grunhiam, com a pata de um leitão aparecendo entre suas ancas. Só a ponta. Molhada. E depois a pata inteira. As mães roncavam, e os pequenos se reviravam, e quando um saía, logo aparecia outro, um grito agudo, e para fora. Um vinha de bunda, outro de cara. Mas a porca não levantava, porque havia outros dentro, que aguardavam sua vez. As cabras passeavam com as barrigas imensas, duras e redondas. Caminhavam com as pernas afastadas, um líquido viscoso e transparente escorrendo delas. Depois se deitavam, gemiam e faziam força, com os traseiros abaulados e as patas da frente do cabrito saindo-lhes de dentro, como uma lança. As corças expulsavam um suco grudento e o lambiam. A barriga se movia rápido com a respiração. Olhavam para o vazio e faziam força, torciam o pescoço e faziam força. Dava para ver a cabecinha sob o rabinho da mãe, que de repente se levantava. O filho pendia dela. Como morto. A cabecinha toda escura e toda molhada e as patas da frente a meio caminho, balançando, ainda adormecido e cheio de muco. A mãe mascava grama, mas comer não aliviava sua dor imensa, e voltava a se deitar, e saía sangue, e saía cocô, e então nascia a corça.

Mas a Margarida se inflamara e gritava, "Pedi que matassem vocês". Olhava para a Elisabet com olhos como sovelas. "Os dois. Pedi que matassem vocês de maneiras terríveis." E apontava para ela, "E se deixo você parir esse filho de adultério, aqui, como uma serpente, tem que agradecer". Arfava, "Agradecer a deus todo-poderoso por não ter atendido às minhas preces, e por ter tampado com cera os ouvidos do demônio. Você estar viva significa que não foi por culpa minha que mataram o Francesc". Mas a Elisabet não a ouvia, era puro gemido vermelho e escorregadio, só dentes, boca aberta, lábios róseos entre as pernas, e um bosque denso de pelos por onde se via uma cabeça verde que vinha, vinha e vinha, e que quando saiu, já com cabelo, chorava. Com a boca roxa. E parecia impossível que todos aqueles gritos pudessem sair de uma criatura tão pequena que não havia acabado de sair de dentro da mãe. Quando saiu totalmente, ainda berrava, e a Margarida olhou para ele e disse: "Tem cara de ladrão". Mas a Elisabet o tomou nos braços e percebeu que havia parido um menino mais feio que uma careta. Uma criatura amedrontada e magra, vermelha e toda granulada, com a cabeça como um ovo, a cara enrugada, os dedinhos como garras, que não se parecia com o Clavell, porque era feio como se não tivesse pai. Mal-encarado como se não tivesse mãe. Coitado. E a Elisabet o consolava, e pensava que seria capaz de amar um bichinho desfavorecido e pouco agraciado.

O Clavell dissera que aquela criança se chamaria Francesc, mas a Elisabet lhe deu o nome de Martí. E as mulheres o chamavam de Martí, o Terno, porque sempre queria a mãe. Queria que a Elisabet lhe lambesse os cortes e soprasse as feridas de urtigas, que lhe desse beijos nos joelhos ralados e o pusesse sentado no colo dela. Queria a Elisabet quando chorava de pena e quando chorava de rir, deitado no chão, as mãos na barriga, as bochechas molhadas, as orelhas saltadas, os dentes separados e a boca fazendo bico e dizendo "Ai, ai, ai". O Clavell também dissera que aquele era um casarão ermo, afundado e fedido, agarrado à terra como um carrapato, mas os músicos da cabeça da Elisabet davam um concerto de festança, com todas as charamelas, os violinos, a viola e o violão, clarins e um trompete, e até cantavam, quando a mulher olhava a casa escondida, às tardes, se o sol se punha e ela fazia suas tarefas em silêncio ao lado da Blanca, ou se o Martí subia no colo dela e queria que lhe contasse de novo como tinha sido seu nascimento. Então o menino apontava para a Àngela, e a Elisabet também chegava perto dela e a acariciava, porque a Blanca era como uma vaca que esquecia seu bezerro. O Martí perguntava "É verdade que nós dois já brincávamos juntos quando éramos dois peixes dentro da barriga?". A Elisabet assentia e contava que quando ela e a Blanca estavam grávidas, deitavam-se de lado para que os dois pudessem brincar, "Assim, assim, dando socos e pontapés".

E então o Martí pedia que a Elisabet contasse como a Àngela havia nascido. A Elisabet dizia aos dois que, enquanto o Martí ainda não havia saído de vez e já berrava, a Àngela, quando nasceu, não chorava. O Martí acrescentava admirado, "É que a Àngela não chora nunca". A Elisabet continuava, "Ela ficava observando a gente! Punha a cabeça entre as pernas da Blanca, debaixo de um belo jorro de água, e ficava olhando, como quem olha por uma janela. Não era possível, a gente pensava. Se aqueles olhos não tinham visto nada ainda! Só escuridão, dentro da barriga. E a luz, a luz espeta e arranha". Depois acrescentava que, quando viram os ombros da Àngela, e depois o corpo todo, branco e azul, acompanhado de mais água, a Margarida a pegou pelos pés, de cabeça para baixo, como um coelho, e deu um tapinha na bunda dela. Depois outro. E outro. E outro. E mais um. Mas que nem assim ela chorava. Apenas as fitava, serena, como se tivesse gostado de nascer. Como se tivesse gostado de ser empurrada e espremida, da luz repentina, dos sons sem filtro, dos cheiros sem umidade, do tato das coisas secas, das mãos que a seguravam pelos pés como um coelho e batiam em sua bunda com ela de ponta-cabeça, uma vez, e outra.

Ouviu-se o som de uma carroça sem cavalos fazendo crepitar o caminho da entrada. A porta principal foi aberta, e alguém limpou os sapatos antes de entrar no casarão. As mulheres se viraram. A Blanca, a Elisabet e a Àngela tinham acabado de lavar e de limpar, e agora lustravam os talheres e as taças de pé azul que usariam na festa. A Dolça ainda varria. Varria bem devagar, como fazia bem devagar tudo o que lhe mandavam fazer, porque se distraía. Pensava no Filé, e nas coisas que lhe dizia, ou no Boa-Tarde, e nos beijos que lhe dava, e no Dói Aqui, e depois no Feio, e no Menino Jesus..., e a lista não acabava mais, porque a Dolça tivera uma fileira de amores e de apaixonados tão longa que não se via o final, e ao repassá-la se dispersava, e varria três vezes o mesmo lugar que já havia varrido, e pisava nos montinhos de poeira que já havia recolhido, que voltavam a se espalhar.

Através dos vidros da porta da cozinha, as mulheres distinguiram a Alexandra entrando. A Alexandra era filha da Marta. Uma criatura pequena, de olhos caídos, feições delicadas, pernas magras e cabelo comprido, que ao pôr um pé na entrada fez uma careta e tampou o nariz. Vestia uns calções apertados, uma blusa diminuta, e uns sapatos grandes demais, como se estivesse com os pés enfaixados. Subiu a escada carregando uma bolsa cor-de-rosa, e as mulheres a ouviram atravessar a sala e se enfiar no quartinho ao lado do banheiro, onde a Marta lavava roupa. Era um aposento quadrado e pequeno, com duas arcas brancas de portinhola redonda e prateleiras cheias de coisas. A Alexandra lidava por ali. Os passos cruzaram a sala de novo e entraram em seu quarto, que era de longe o mais bem arrumado da casa. Tinha um espelho de corpo inteiro, uma mesa, uma cadeira, uma cama, um tapete cor de pérola e um armário cheio de roupa dobrada e dependurada e sapatos bem ordenados. As paredes eram cobertas de caras de santos sem coroa, todos bem apresentados e com olhos brilhantes e bocas abertas como se estivessem com fome. Então os passos no andar de cima saíram daquele quarto e foram espiar o da Bernadeta. Entraram com cuidado, chegaram perto da cama da mulher velha, e em seguida saíram e desceram a escada. A bolsa cor-de-rosa agora parecia cheia. A Alexandra entrou na cozinha, soltou um uf! e ficou abanando o nariz. Mas as mulheres haviam deixado as coisas a meio fazer e estavam com a cara grudada na janela. A Dolça era a primeira. Olhavam para fora com o pescoço esticado. No alpendre havia uma carroça sem cavalos, e dentro dela um rapaz. A Alexandra se enfiou na despensa e a ouviram remexer as coisas ali. Acendeu a luz, abriu o poço de gelo, suspirou e o fechou de novo. Voltou à cozinha, chegou perto da boquinha de cisne, as mulheres se afastaram um pouco, e ela encheu um copo d'água. Antes de beber, a garota pegou o espelhinho, colocou-o perto da boca e, com uma voz severa, mas indolente, disse, mãe, não tô achando meu tênis branco, sabe onde tá?, a bisa tá dormindo e eu não quis acordar ela, estamos indo para Olot, muá. Depois bebeu e, antes de sair da casa, lavou o copo. As mulheres, xeretas, ficaram observando pela janela ela caminhar até aquele carro sem cavalos, deixar a bolsa atrás e entrar nele, e então beijar na boca o rapaz que estava enfiado lá dentro. Não dava para ver direito o rosto dele, mas pelo formato da nuca, as costas e o cabelo castanho, a Dolça, que já fazia um tempo que reparava nele, pensou que era parecido com o Flabiol. Chamava-o de Flabiol porque o rapaz tocava aquela flautinha que chamam de flabiol. Era bem apessoado e ensaiava escondido nas clareiras do bosque, em segredo. Tinha o cabelo brilhante, bem grudado à cabeça e penteado para trás, e uma boca beijoqueira que não parava quieta. E se não estava tocando o flabiol, estava beijando, e se não estava beijando, murmurava que, indo de festa em festa, e de baile dominical em baile dominical, encontrava ninfas escondidas no bosque! A música, o pai havia lhe ensinado. Mas o pai do Flabiol não tocava na frente dos outros, só na frente de sua prole. Felizmente, a prole era numerosa. Dez filhos, dois pares de gêmeos, porque o Flabiol dizia que a mãe dele só de ver as cuecas do pai já engravidava. E o pai, quando viu o jeito como o Flabiol olhava quando ele tocava para a prole, lhe dera de presente um flabiol tosco, de pastor, de duas peças e boquilha de madeira de jujubeira. O Flabiol explicou à Dolça que, quando começou a tocar, cobrava cinquenta ou cinquenta e cinco pesetas, mais as despesas de ir de lá para cá, mas que depois, aos poucos, passou a ganhar mais dinheiro com a música do que trabalhando no bosque. Sorria, vaidoso, o peito inchado, os olhos travessos, com cheiro de limpo, como se antes de sair tivesse sido lavado e passado, e acrescentava, "Não fica bem dizer isso, mas sei de cor mais de duzentas músicas! E entre os músicos que não leem partitura, sou um dos que fazem isso melhor". E então a segurava com força e lhe fazia cócegas e suplicava, "Fada, ninfa, ondina, por favor, deixe-me voltar para casa!", como um jogo, como se a Dolça fosse uma ninfa e o prendesse no bosque, "a rainha de todas as fadas!", e a Dolça ria como uma galinha choca envaidecida.

A carroça sem cavalos, que emitia uma música estridente, deu duas voltas brincalhonas e afoitas diante da casa. Junto à janela, as mulheres contemplavam o espetáculo. Os braços do rapaz e da Alexandra pendiam um de cada lado. E então, tal como haviam chegado, foram embora. A Àngela era a única que não olhava para eles.

Os olhos do Martí se abriam como os dos sapos sempre que ele via a Àngela saltar. Da pequena sacada da sala. O menino punha as mãos na cabeça e a Àngela se atirava no vazio como um pássaro sem asas. Caía no alpendre e quebrava as duas pernas. Mas quase não mancava. "Dói?", perguntava o Martí, e se ajoelhava ao lado dela para assoprar os arranhões e as feridas cheias de sangue, os cortes, por onde via o osso, os galos, as corcundas, os rasgos das urtigas, os ombros deslocados com o cotovelo dependurado, os roxos inchados, as bolhas, as queimaduras. E lhe dava beijos como os que sua mãe lhe dava. A Àngela não notava a dor, mas notava os beijos. E andava sempre com braços e pernas roxos, amarelos, verdes, lilás e todas as cores dos hematomas. Até que aMargarida a flagrava com aquela barriga e costas arroxeadas, com as coxas cinza como uma menina azul, com as mãos destroçadas de pegar brasas, com aqueles dois braços fúcsia como dois céus na hora do poente, e gritava, "Mal-agradecidos, desenraizados, cutucadores de feridas, desgraçados!", enquanto levava o Martí puxado por uma orelha e batia nele. Não batia na Àngela porque não valia a pena. Cuidava de curá-la e às vezes a amarrava, para que não saísse andando com as pernas quebradas. E não deixava que se vissem, para castigá-la. Depois ordenava a Raposa: "Vigie os dois", e repetia muitas vezes "Não se afastem de casa". E Raposa, que era uma criança pensativa, cautelosa e madura, cara redonda, boca pequena e cabelo loiro, opaco como a cinza, vigiava-os e ensinava-os a procurar cogumelos, a tirar pinhões das pinhas, a pescar carpas, a encontrar morangos, alhos e cebolas silvestres, seiva de bétula, alecrim, forragem, cobras-de-escada, dentes-de-leão, amoras, aspargos, bolotas, castanhas, figos e medronheiros, sem perder nunca de vista o casarão entre as árvores. Fazia-os recolher troncos de giesta, que são os que queimam melhor. Erva-doce para fazer omelete, porque fortalece. Urtigas para fazer uma infusão, que dá vigor. A Àngela e o Martí gostavam do Raposa, porque era como um pai que ainda era criança. Dizia-lhes, "Vejam as toutinegras, e os ninhos que elas fazem dentro dos arbustos, só com galhinhos". Apontava para a lua cheia e murmurava, "Estão vendo os olhos? Estão vendo a boca?". O Martí cochichava "Chora", mas o Raposa dizia, "Canta!". Porque o Raposa sabia coisas e o Raposa tinha visto pessoas, com aqueles seus olhos cinza e solenes, conhecera gente que não era nem a Joana, nem a Margarida, nem a Blanca, nem a Elisabet, nem o Bartomeu, nem o Esteve, quando estivera na prisão com sua mãe. A Àngela e o Martí nunca haviam visto alguém que não morasse naquele casarão. Nunca tinham ido a nenhum povoado, nem a nenhum mercado. E o ouviam apavorados. Eram muitos, homens e mulheres. "Quantos?" Já não lembrava. "Mais do que pássaros e abelhas", dizia-lhes. E às vezes o Martí chorava pela aflição que lhe causava essa ideia. Se encontravam uma raposa morta ou um filhote caído do ninho, com a cabeça muito grande e a barriga muito inchada, só bico e olhos cheios de vermes, o Raposa os fazia olhar. Porque aquilo era morrer, explicava. E às vezes brincavam de morrer. Os três. Corriam e berravam, "Estão vindo! Estão vindo!" e "Acharam a gente! Acharam a gente!", e caíam no chão e gemiam porque vinham ladrões e soldados e lobos e facínoras e gente dos povoados e das cidades que os descobriam e os comiam e os estavam matando. O Bartomeu e o Esteve não queriam brincar. Diziam que as crianças eram pequenas e que eles dois já eram grandes. Que tinham outras ocupações. A Margarida mandava levarem a Joana à horta. E tinham que levantar a saia dela e ouvi-la mijando e cagando. Às vezes eram esguichos. Outras vezes a levavam até lá e ela não fazia nada, e então a traziam de volta para casa e ela fazia tudo, e a Margarida os repreendia, porque tinha que lavar o banco, e a casa inteira ficava fedendo. O Bartomeu era encorpado, pescoço grosso, cabelo escuro e lábios carnudos e brilhantes. Esteve era magrelo, pescoço comprido, cabelo claro e boca contraída num sorriso permanente. Sua única orelha sobressaía. Iam juntos a todos os lados como unha e carne, e só queriam se divertir com os pequenos, diziam, "Venha, Martí", e levavam o Martí a um canto para lhe explicar o que queria dizer ilegítimo e espúrio, bastardo e fajuto. Ou quando os enfiavam no bosque e os faziam olhar por uma fresta baixa e estreita numa parede de rocha onde garantiam que dormia o demônio. Dali vinha um cheiro abafado, de toca de furão e de folhas podres. O Bartomeu e o Esteve faziam, "Psssiu", e as crianças ouviam. O bosque estalava e as crianças semicerravam os olhos. Quase o viam, o bode de Biterna, dentro daquele buraco, e então os maiores gritavam, "Tá saindo!", e o Martí, a Àngela e o Raposa corriam, e Bartomeu e Esteve morriam de rir. Ou quando queriam brincar de papai e mamãe e queriam ter filhos. Mas sempre brigavam. Porque os dois queriam ser o homem, nenhum queria ser a mulher. O Bartomeu era mais forte e ganhava. E então ele era o pai, e o Esteve era a mãe. O Bartomeu se afastava e os outros tinham que esperar que voltasse. Mas quando as crianças ficavam sozinhas com o Esteve e o chamavam de mãe, ele respondia que não era mãe deles, e que iria embora para não ter que ser a mãe, e que eles teriam medo, teriam frio, e teriam fome, e diriam,"Por favor, mãe, não vá", mas que ele os abandonaria mesmo assim. E se os surpreendesse, bateria neles. Porque eram filhos ruins. Até que o Bartomeu voltava e dizia que tinha ido à guerra e lutado contra os franceses. O Esteve protestava que já estava farto daquilo, e que ele também queria ir à guerra e lutar contra os franceses ou contra quem fosse. E os dois rapazes ficavam desesperados porque naquele casarão escondido estavam perdendo as batalhas mais importantes da sua época. E exclamavam que naquela casa fedida, em vez de se transformarem em homens, seriam para sempre garotinhos, porque a mãe deles mandava façam isso e façam aquilo, como se ainda fossem crianças, e dava bronca, e os repreendia, e até batia neles quando se ajoelhavam com os dois pequenos em volta da Àngela.

A menina estava deitada no meio da roda. O Raposa e o Martí lhe faziam cócegas. Beliscavam sua pele macia, que primeiro ficava branca e vermelha, e depois às vezes azul, às vezes lilás, e às vezes amarela, com pontinhos roxos. Perguntavam, "Dói?", mas não doía, "e aqui?", tampouco, "E assim?". E então o Bartomeu e o Esteve disseram, "A gente também quer brincar", e se agacharam. Primeiro deram beliscões fraquinhos. Rindo. Depois beliscões mais fortes. E quando viram que a Àngela não afastava os braços nem as pernas, enfiaram as unhas até sangrar. Mas a Àngela não se queixava. E então bateram nela. Com os punhos. Mas a menina não chorava, e então pegaram os dedos dela e os torceram. Mas ela não gritava. E o Bartomeu e o Esteve ficaram bravos, porque a criança olhava para eles impassível, deitada no chão, com olhar de deboche e tranquila, sem se alterar. E foram buscar paus e pedras para tirar mais sangue, e como já estavam em pé deram pontapés na boca, na barriga, nas costas dela, porque estavam com raiva. O Martí e o Raposa gritavam, "Não matem a menina, por favor, não matem!", e a cabeça da Àngela ia para cá e para lá, e tudo o que via era vermelho, laranja e preto. Depois já não viu mais nada, mas o Martí e o Raposa explicaram a ela que, quando a Margarida ouviu os berros e os encontrou, bateu tão forte no Bartomeu e no Esteve que eles, sim, choraram. E quando a Àngela despertou, sem poder ainda abrir os olhos de tão inchados e mal conseguindo comer, o Bartomeu e o Esteve já não estavam mais, pois tinham virado soldados e ido embora de vez.

Ouviu-se o som de outra carroça sem cavalos que crepitava pelo caminho. Logo depois a porta de entrada foi aberta, e umas vozes gritaram, olá! Olááá! Olááá! Escandalosas. Como se quisessem que até as pedras dentro das paredes se inteirassem de que haviam chegado. As mulheres, que continuavam lustrando talheres e taças, olharam pelos vidros da porta da cozinha e viram uma mãe e duas crianças tirando as jaquetas e descarregando mochilas e bolsas. Uma das crianças, uma menina baixinha e com voz estridente, disse que queria ver o cabrito. Tinha uma franja que lhe cobria as sobrancelhas e a boca cheia de prata. Todos os dentes prateados, amarrados uns aos outros. A mulher, que ia ao casarão com frequência às tardes, respondeu que primeiro a menina teria que cumprimentar a Bernadeta. A Rosa tinha a cabeça pequena e ampla, os ombros redondos, os peitos muito levantados, o cabelo enrolado, e as sobrancelhas tão claras que precisava desenhá-las. A menina fuçou dentro de uma bolsa branca e tirou de lá uma caixa. Com sua boca prateada perguntou, você só comprou essas? A mulher respondeu que sim, e a menina disse que queria outras bolachas. O menino, que também estava com a boca prateada, mas era mais alto, riu, e a irmã disse, você, Nico, cale a boca.

Subiram. A agitação devia ter acordado a Bernadeta, porque se ouvia eles falando lá em cima. Depois, uma barulheira de pés desceu a escada. A Rosa gritou, Sheila, não corra!, e a menina respondeu, sem parar de correr, que ia ver o cabrito no cercado. Atrás dela desceu o menino, que já era praticamente um rapaz. Entrou na cozinha e todas as mulheres olharam para ele. Tinha os cílios compridos, os olhos escuros, a pele cheia de espinhas vermelhas e brancas. Passou os olhos por paredes, pia, janela, mesa, fogão. Suspirou e deixou-se cair na cadeira na cabeceira da mesa, onde a Marta havia almoçado. Pegou o espelhinho e acariciou aqueles brilhos, que faziam sons agudos, até que apareceu um *minairó*[7]. *O minairó* descia por uma montanha recolhendo moedas no ar. Nico olhava-o concentrado e movia os dedos depressa, com habilidade, até que o *minairó* caiu, o espelhinho fez clongue!, e o Nico bufou como se tivesse ficado bravo. A Dolça, que ainda varria, ajeitou o cabelo atrás da orelha, porque não era comum que houvesse rapazes naquela casa. E hoje já era o segundo! Tinha os lábios bonitos aquele menino, e a Dolça varreu entre suas pernas para poder vê-los melhor. E ficou se perguntando se aqueles lábios rodeados de penugem já beijavam ou se tinham vergonha, como o Manta, que, quando a Dolça chegava perto demais, ficava vermelho e dizia, "Tão de perto não". O nome dele era o Isidre, mas a Dolça o chamava de o Manta, porque quando o encontrou ele estava dormindo, calado e quieto, deitado numa espreguiçadeira e coberto por uma manta. Tinha a cara amarela e os lábios rosados. E a Dolça o observou longamente, porque nunca conseguira olhar um rapaz tão de perto. Até que o Manta despertou e lhe perguntou, "O que você tá fazendo?!", e a Dolça respondeu, "E o que você tá fazendo?". Tomava banhos de sol porque estava doente. Tinha uma

---

7 *Minairós* são seres mitológicos muito pequenos e trabalhadores, do folclore de Pallars e dos Pirineus norte-ocidentais da Catalunha, que algumas pessoas nas aldeias guardam em tubos para agulhas. (N.T.)

voz delicada e lhe contou que aquela montanha já não era boa para o turismo, porque tinham deixado o hotel ser arrasado durante a guerra. "E olha que vocês ainda têm as fontes", dizia ele. E lhe falou da vaca. A Dolça gostou da história da vaca. Uma vaca que mijava sangue. Mas conforme o animal pastava por aqueles bosques, e bebia água daquelas fontes picantes, sua urina foi clareando e ela se curou. E foi assim que primeiro os camponeses e depois os médicos descobriram que aquela água era boa para curar doentes.

Se a Dolça chegava perto demais para olhar seus lábios bonitos, lábios de moça, o queixo pequeno, e o nariz e a boca grandes, como se o rosto dele tivesse encolhido pela doença, o Manta sentia vergonha e dizia, "Tão de perto, não, senão você me contagia". Mas a Dolça lhe pedia, "Me dá a mão?", e o Manta deixava cair uma mão fora da espreguiçadeira. Tinha cheiro de remédio. E a Dolça se sentava ao lado dele e punha a mão em cima de sua cabeça. Para brincar. Deslizava a mão pela testa, devagar. Sobre as pálpebras e os cílios e depois em cima do nariz e da boca, do queixo e do pescoço. Levava-a à nuca, às costas, para debaixo da roupa, e em cada ponta do ombro, primeiro uma, depois a outra, e depois para a frente, para os seios, onde a mão ficava tensa, mas não se afastava.

Sheila entrou na cozinha correndo e disse que não havia nenhum cabrito nos chiqueiros. Perguntou ao irmão se ele queria ir investigar e o Nico, sem olhar, respondeu que não, que estava brincando. A menina deu meia-volta e voltou à entrada. E as mulheres a viram abrir o armariozinho embutido, dar uma olhada dentro e fechá-lo, e então tocar as leiteiras. Tentou erguê-las. Observou os moldes de vime e a lira pendurados nas paredes. Encolheu os ombros e voltou à cozinha carregando uma sacola branca e uma bolsa vermelha com alças e fivelas. Da sacola tirou uma garrafa e uma caixa de bolachas, e seu irmão, sem perder de vista o *minairó* que descia pela montanha recolhendo moedas, disse que também queria lanchar. A menina se apoiou na bancada, deu saltos para abrir as portas de todos os armários, até que encontrou dois copos. Serviu-se de um suco de laranja, sentou-se no banco e abriu a caixa de bolachas, mordeu uma, bufou e voltou a dizer que gostava mais das outras. Bebeu e perguntou ao Nico se ele tinha lição para fazer. O menino fez um som que não se sabia se era de sim ou de não. Depois acrescentou que no dia seguinte a classe dele tinha uma excursão. O *minairó* fazia tiling, tiling toda vez que recolhia moedas, e clong! quando caía. A menina perguntou, excursão para onde?, e o Nico, como se lhe custasse muito esforço responder, disse que iriam andar de caiaque no pântano. A Sheila exclamou, olha só, que sacanas!, e abriu a bolsa vermelha. Tirou dois maços de papel amarrados e uma bolsinha pequena com apetrechos para escrever, que espalhou em cima da mesa. Então acrescentou, essa casa cheira mal, e seu irmão riu. A Àngela virou as costas para os dois.

Às vezes o Martí e a Àngela queriam brincar com o Raposa, mas outras vezes preferiam brincar só os dois. E se escondiam. A Àngela lhe perguntava, "Como?", e o Martí dizia, "Como as cócegas, como as carícias, mas do outro lado". "Mas como?" "Como quando espeta, como quando corta, como quando queima." Mas a Àngela não entendia. "Você tá me machucando?", perguntava. O Martí dizia, "Sim", mas não. "E aqui?" "Não." "O que você sente?" Sentia o peso, a aspereza dos dedos de bichinho dele, a esfregação, a cadência, o sangue alvoroçado, as mãos do Martí em seu corpo, a boca do Martí, tão perto das orelhas, dizendo, "Você tem uma pedra", "Onde?", "Aqui". Não havia luz para vê-la. Só dedos. As mãos do Martí em cima do peito plano da Àngela. Em cima de seus mamilos pequenos. "Aqui." Apalparam-nas. Havia duas. Uma de cada lado. E então as pedras cresceram. Bem devagar. As duas crianças se escondiam e as tocavam. De duas pedrinhas como dois morangos silvestres fizeram-se duas pedrinhas como duas bolotas. De duas bolotas, duas castanhas. De duas castanhas, duas nozes. Das duas nozes, duas maçãs pequenas. O Martí as pegava, e a Àngela abria a boca como um peixe fora d'água. E então já não estavam mais interessados na dor, mas nas cócegas, na sede, nas dobras, nos tremores, nos cantinhos, na respiração ofegante, nos buracos, o de fazer xixi, o dos cocôs, e o terceiro que só a Àngela tinha, por onde saía sangue às vezes, o que o Martí não perguntava se doía porque sabia que não.

Até que um dia dos muitos dias em que a Margarida os havia surpreendido um em cima do outro, escondidos, e que gritava, "Irão parar no inferno! Como os bichos, como os cães, como os gatos. Sujos! Misturados!", ao que eles replicaram, "No inferno estaremos melhor do que neste casarão", e que a Margarida respondia, "Vocês irão para inferno e no inferno vão separá-los", o Raposa disse "Que se casem". E a ideia de casar-se caiu no chão como um pinhão, e brotou, e virou um pinheiro cheio de pinhas cheias de pinhões. E então todos queriam que houvesse um casório. Uma festa de verdade, porque ninguém lembrava a última vez que tinham feito uma festa naquela casa entocada. E ainda que a Margarida dissesse que aquilo não seria casar-se, pegaram todos os ovos de todos os ninhos que conseguiram, e Raposa caçou três perdizes. Desplumaram-nas, rechearam-nas com ovos duros, menta, salsinha, alhos, sálvia, alecrim e figos secos, e com os próprios corações e os próprios rins fritos. E então as fizeram na brasa, e enquanto as assavam iam untando-as com uma pasta feita de pinhões e gemas de ovo. E ainda fizeram outro molho com os fígados, o caldo dos pescoços e das pontas das asas, que são gordas, e com mais pinhões esmagados, dos quais saía um leite branco. E na hora de começar a festa, o Raposa amarrou o Martí e a Àngela pelos pulsos, e então eles iam de lá para cá com as mãos atadas, dando comida um na boca do outro, e passeando o amor de olhos fechados, e o sangue fervendo por dentro, gorduroso e açucarado.

O Raposa cantou. A Blanca aplaudia. Joana dançava, com um pouco de braço e um pouco de perna apenas. A Elisabet chorava. E a Àngela, que entendia bem pouco de lágrimas, por nunca ter chorado, pensou que eram de alegria, mas na realidade eram de dor.

Naquela noite, a Elisabet se deitou, toda branca e trêmula, e só se levantou para vomitar. Depois vomitava deitada. A Joana cuspia baba e com a língua exausta pedia, "Tomilho!, tomilho!, deem-lhe tomilho". Só entenderam depois que ela repetiu trinta vezes. A Blanca deu xícaras e mais xícaras de tomilho à doente. Quando não conseguia mais engolir, molhava seus lábios com um pano. A mulher urinava sangue, e o Martí lhe suplicava, "Por favor, não morra, por favor, não morra, mãe". Mas a Elisabet tinha as costas cada vez mais ensopadas, como se nadasse num tanque. O cabelo grudava na testa, a carne das bochechas nos ossos, e ela ofegava. Com uma vozinha fininha, sibilante, olhava para a Blanca e cochichava, "Obrigada. Obrigada. Obrigada". Olhava para o Martí e murmurava, "Obrigada. Obrigada. Obrigada". Mas a Àngela não entendia por que agradecia. Depois não falava mais, abria a boca com o pescoço enrijecido e os lábios revirados. E mostrava a língua amarela, encolhida, e os olhos iam se apequenando. Iam para trás, encurralados. E as mãos se enrolavam como samambaias. O Martí, ao seu lado, pegava-as para abri-las. Repetia "Por favor, não morra, por favor, não morra, mãe". E quando a Elisabet morreu, o Martí só chorava. Chorava e chorava e chorava. O tempo todo. Todos os dias. Porque estava acostumado com a Elisabet sempre fazendo o que ele pedia. E só queria a mãe. Como quando era pequeno. Dizia à Àngela, "Você não entende", e choramingava "Tenho areia, tenho areia, aqui", apontando para o peito. E se ele se mexia, a areia doía, e se ele se deitava, a areia o asfixiava. E a Àngela realmente não entendia como uma pena pudesse durar tanto.

ANOITECER

> ... *many things get forgiven in the course of a life: nothing is finished or unchangeable except death and even death will bend a little if what you tell of it is told right.*[8]
>
> Ali Smith, How to Be Both

A luz que entrava pela janela era lilás e escurecia as coisas dentro da cozinha, cada uma acompanhada por sua própria sombra. Os bolinhos, a *sosenga*, os bofes de cabrito e as tripas repousavam debaixo dos panos e das tampas. As mulheres apagaram o fogo do guisado de carne e o deixaram descansando sobre o fogão. Depois encheram a pia com água, e a Joana, a Blanca, a Elisabet e a Dolça se desnudaram da cintura para cima, arregaçaram, desamarraram e desabotoaram as roupas e abriram as partes de cima dos vestidos e camisolas. Com os peitos para fora, passavam um pano úmido por axilas, barrigas, pescoços e costas. A Sheila e o Nico estavam sentados à mesa, de cabeça baixa e concentrados, ignorando o banho das mulheres. A Joana tinha as costas curvadas, com saliências, coberta de manchas castanhas e roxas, pintas vermelhas e

---

[8] ... muitas coisas acabam perdoadas ao longo da vida: nada é definitivo ou imutável salvo a morte, e mesmo a morte se flexibilizará um pouco se o que você disser sobre ela for dito direito. [N.T.]

verrugas. A Blanca tinha as costas redondas, macias, leitosas, suas carnes escorregavam até a cintura como nata. A Elisabet tinha as costas largas, morenas e magricelas, as omoplatas saltadas como asas. As costas da Dolça eram curtas, com a coluna marcada e uma penugem que descia como uma linha escura, da nuca até o osso do fim da coluna. O Dói Aqui lhe dizia, "Deita", e a Dolça se deitava. Dizia, "Onde dói?", e a Dolça respondia "Dói aqui..." ou "Sinto dor ali...", e o Dói Aqui destapava o lugar que ela havia apontado. Faziam a brincadeira do me dói aqui, me dói ali, e ele simulava que a operava com beijos, carícias e seu instrumento infalível, que era meio torto, mas curava muito. Dói Aqui era um homem barrigudo e alegre, de bigode e papada e com uma voz simpática, que curava doentes em troca de um pouco de comida e de uma cama para dormir. E sempre contava à Dolça a vez em que havia operado aquele menino de oito anos em cima da mesa de uma cozinha, à luz de um lampião, e que o salvara. E da vez em que removera um tumor do pescoço de uma mãe do Osor, com uma faca fininha, álcool e luz de peixe-piloto rodeado de espelhos. No meio da operação, acabou o fio de seda, e o marido precisou sair para ir buscar mais. Era de noite, e o homem só havia encontrado fio cor-de-rosa, e o Dói Aqui usou o rosa mesmo, e também salvou aquela mulher.

A Àngela tinha as costas abauladas, com uma corcunda que se projetava como uma abóbora e deixava um ombro mais levantado que o outro. Mas não se desnudou e não se lavou. Quando a barriga da Àngela inchou, a Margarida foi veemente, "Você está grávida", e não desgrudava o olho dela, e resmungava dizendo que a criança sairia de dentro dela e cairia no chão, e que a Àngela nem iria notar. Mas ela notou, sim. Porque tinha vontade de empurrar para fora. Dor não. Só vontade de esvaziar a bolsa. Como quem está apertado. Com prisão de ventre. E a Margarida mandava, "Fique quieta, não empurre, senão vai se rasgar", mas a Àngela não se importava de se rasgar. A Margarida dissera, "A maior sorte de uma mulher é ter filhos", mas a Àngela não achou uma sorte parir um monte de ossos moles e carne frouxa, que não davam conta de si mesmos e ficavam com todos os beijos do Martí. No primeiro filho puseram o nome do pai, e para diferenciá-lo chamavam-no Martí, o Manco, porque nasceu com uma perna mais curta que a outra. Mas embora a Margarida exclamasse que estavam todos condenados naquela casa, quando o menino começou a andar não mancava mais que a Àngela. Na segunda puseram a Bernadeta. E a Margarida exclamou, "Essa é filha do pai", porque a criança só chorava. Nascera sem cílios, e as mulheres pensaram que era assim mesmo, que alguns bebês nascem sem cílios, que mais tarde crescem, mas na Bernadeta nunca cresceram. E os olhos dela ficavam cheios de pó, de areia, de pelos e penugens, de mosquinhas e de porcarias, e ardiam, e coçavam, e a menina passava o dia inteiro berrando, guinchando e vociferando, vermelha e afônica, com os olhos cheios de remela dura como crostas de pão. A Margarida a pegava e murmurava o que ouvira a Joana dizer, "Deus e a Virgem Maria, e monsenhor são Pedro e monsenhor são João, pelo seu caminho vão, e encontram um lobo galante. Diga, lobo galante, aonde vai? Vou comer a carne e beber o sangue deste infante!". Mas em seu banco, cuspindo baba, a Joana negava com a cabeça e estrilava, "Tomilho! Tomilho! Deem-lhe tomilho!". E quando a entenderam, depois de repetir trinta vezes, a Margarida murmurou, "De novo tomilho?", como uma piada macabra.

Primeiro parecia que, de tanta infusão que haviam despejado nos olhos dela, a Bernadeta sossegara. Mas depois seu olhar ficou amarelo, e ela não parava de piscar aquelas pálpebras peladas de lagartixa. Olhava para o vazio e berrava igual ou mais que antes. Exasperada. Alienada. Uma menina ruim da cabeça. Quando começou a articular palavras, só gritava, "Pai, pai!". E logo vieram as perguntas insuportáveis. "Por que lhe cortam as orelhas?", perguntava. "Por que o menino que não tem buraco de trás não tem o buraco de trás?" "Por que envenenam a burra?" "Que burra?!", a Àngela se enervava. "A burra que deixaram lá, com a boca aberta e os olhos abertos, e no começo os lobos nem encostaram nela, mas no final, esfomeados, comeram-na, e então os ossos deles ficaram bambos, e cuspiam uma saliva branca que gotejava, e a pele, debaixo do pelo, era azul. Depois morreram. Todos os lobos. Um em cada canto. E depois morreram todos os outros bichos. Os que também tinham provado a burra, e os que tinham comido qualquer animal que a tivesse provado." A Àngela buscava aliviá-la, dizia, "Você está sonhando" e "Fique quieta", mas depois acabou falando de uma mulher sem rosto. Que perguntava se estava viva ou se estava morta enquanto os lobos lhe comiam o nariz e a boca, e a Àngela gritava, "Você está inventando isso, chega!". Mas a Bernadeta continuava, impassível, dizendo que havia um homem com caganeira, que se agachara num trecho do bosque com a bunda ao léu, e tinha tanta pressa e tamanho azar que foi soltar o cagalhão bem em cima de um ninho de víboras. Apenas na enésima vez que contou isso é que acrescentou que o homem do cagalhão caçava lobos, e que quando era criança as feras haviam comido todos os seus irmãos e também o dedo mindinho do pé esquerdo dele. Então a Margarida levantou a Bernadeta do chão e a sacudiu. Perguntava enlouquecida se as víboras picavam o homem que não tinha o dedo mindinho do pé esquerdo, e ela, muito insolente, respondia que sim, mas cada vez que tentava lhe dizer onde o haviam mordido, era tomada por um ataque de riso. E só saía daquele desvario se o Martí, o Suave, entrasse na cozinha. Então parava de rir de repente e berrava, "Não quero que elas matem você, pai, não quero que o matem! Não quero que as raposas venham comê-lo".

A Sheila levantou a cabeça dos maços de papel amarrados que tinha em cima da mesa e perguntou ao irmão se ele sabia o que era a troposfera. O Nico não respondeu, e a menina repetiu a pergunta sobre a troposfera. O menino respondeu que não, e a Sheila disse que ela sabia, sim, e então perguntou, você sabe o que é estratosfera? E o Nico respondeu que não. E a Sheila disse que ela, sim, sabia; e mesosfera e ionosfera?, e o Nico disse que há um tempo atrás também sabia, mas tinha esquecido. E então a Sheila perguntou se ele sabia o que era exosfera e ele disse que não, que impertinente!, e a menina respondeu que ela tampouco sabia, e que por isso estava lhe perguntando. Começou a chover. As gotas caíram, primeiro bem separadas umas das outras. Impertinentes. Uma em cima dessa folha, e então a folha balançava. Uma em cima daquela telha. E a telha repicava. Depois caíram mais, umas depois das outras. Dentro de casa ouvia-se o alvoroço acolhedor da água. As mulheres se vestiram, pentearam-se com as mãos e depois se sentaram em volta da mesa. A Elisabet e a Blanca, no banco comprido, com a Sheila. A Joana, no seu canto, diante do Nico. A Dolça numa cadeira ao lado da Àngela. Estavam com tudo pronto, era só esperar. Mas a Àngela bufou, porque tinham passado o dia inteiro esperando.

Embora o Martí, o Manco, fosse o mais velho, a Bernadeta sempre o fazia chorar. Porque era uma pirralha mentirosa e cheia de histórias, rancorosa e invejosa do irmão. A Àngela batia nela e ainda lhe contava histórias terríveis. E o Martí, o Manco, que era uma criança de cabeça redonda, olhos escuros, orelhas vermelhas e dentes separados, a ouvia, benevolente e atento, assim como fazia o pai dele, quando menino, prestando atenção no Bartomeu e no Esteve. A Bernadeta lhe contava de um homem e dois rapazes que entraram num casarão e mataram o dono, a dona, a filha, o ajudante e a empregada, com facas, que enfiaram nas mãos, no peito e na barriga deles. E quando a justiça os pegou, foram enforcados com uma corda em volta do pescoço. Mas a história não terminava aí. Depois os dependurados foram cortados em pedaços. Separaram a cabeça e as pernas e os braços e os puseram no alto de árvores, todos misturados, dentro de gaiolas de ferro forjado. E então vieram corvos, garças, pardais, moscas, vespas e besouros, que esvaziaram seus olhos e comeram sua carne até virarem caveiras. A Àngela, além de maltratá-la, tinha histórias de homens dependurados para dar e vender, e de homens açoitados em praça pública, que depois tinham as orelhas e as carnes das costas arrancadas com tenazes, e no fim eram trucidados. E também relatos de mulheres que gritavam e se reviravam enquanto eram violadas. E fábulas escabrosas e detalhadas de lobos que comiam crianças, que tinham consciência de todas as mordidas. E como se não lhe bastasse manter o irmão sempre amedrontado e encurralado, depois lhe dizia, "Vão te matar". O Martí, o Manco, olhava para ela com seus olhinhos sensíveis e desolados. "Vão fazer um buraco aqui em você, e aqui, e vai sair muito sangue." Ela apontava para a cabeça e para o peito dele, e quando a pobre criança, às lágrimas, perguntava, "E você, como eles vão matar?", a Bernadeta respondia sorrindo: "Eu? Eles não vão matar. Vou morrer velhinha, na minha cama, sonhando".

Por isso lhe perguntou, "Onde estão?". O Martí, o Suave, o Raposa e o Martí, o Manco, tinham ido cortar lenha e não haviam voltado. E quando a Àngela viu o rosto traiçoeiro e inchado da Bernadeta, com os olhos empapuçados de tanto choramingar escondida, perguntou, "O que você sabe?". Já era uma mulher, mas ainda era tão cheia de histórias e impertinente, invejosa e rancorosa como quando era menina, e de início não quis contar. A Àngela fez questão, "Quero que você me conte". Mas a Bernadeta só gemia, "Mãe, mãe, não, por favor...", até que sua mãe torceu seus braços com tanta força que a Bernadeta disse que seu pai, seu irmão e seu tio estavam cortando lenha quando encontraram dois homens no bosque. "Um era velho, o outro era jovem. Tinham olhares aterrorizados e expressões desconjuntadas. Pareciam mortos de medo." Contou que fazia dias que aqueles dois estranhos percorriam o bosque, entrando pelas montanhas. "Quando foram descobertos, o jovem se ajoelhou. Levantava as mãos e suplicava." A Bernadeta enfiou o avental da Àngela na boca, e a Àngela o puxava aos trancos, como se lhe arrancasse as palavras. Murmurou que havia visto aqueles dois estranhos fugindo, pelas casas, ruas vazias e igrejas, porque um grupo de homens de boinas vermelhas[9] tinham entrado na sua cidade e os perseguiam. Murmurou que aqueles que fugiam em debandada não pareciam soldados, e sim homens simples, desarmados, medrosos, que assim que se viram no meio dos bosques, e se depararam com o primeiro casarão onde lhes deram três cantis de vinho e uma cesta de maçãs, sentaram-se e descansaram. Mas um deles se levantou de repente, e de novo correram, de boca aberta e dando gritos de espanto e de dor, porque os homens das boinas vermelhas os encontraram. A Bernadeta disse que alguns não haviam tido ânimo de ficar em pé e se deixaram matar sentados. Os que conseguiram levantar buscaram refúgio saltando riachos, abrigando-se nas rochas, atravessando cultivos e embrenhando-se na mata. E aqueles dois homens, o velho e o jovem, esconderam-se numa ravina funda, e quando anoiteceu, e eles foram envolvidos por uma névoa densa, continuaram andando. No escuro, com as roupas molhadas e enganchando-se nas sarças, encontraram uma trilha que os fez adentrar ainda mais pela mata densa, e em algum momento da manhã sentaram-se, porque o velho estava muito cansado. E desse jeito foram

---

9 Possivelmente Requetés, milícia carlista com forte presença em Navarra, que surgiu na guerra de sucessão do século XIX e atuou na Guerra Civil Espanhola. [N.E.]

encontrados pelos homens do Mas Clavell. O jovem, que caíra de joelhos no chão, quando se deu conta de que os Martís e o Raposa não eram os homens das boinas vermelhas, implorou por ajuda. A Àngela ouvia a Bernadeta e tentava imaginar com detalhes as coisas que ela dizia. Como o Raposa e os dois Martís haviam se disposto a guiá-los. Como o velho levantara os braços para o céu e com esforço se mantivera em pé. Os dois Martís o amparavam. Mas a Bernadeta não queria continuar. A Àngela a teria estrangulado. Teve que golpeá-la até que dissesse, "Quando os homens das boinas vermelhas os encontraram, apesar de o pai ter tentado argumentar, não o ouviram. O pai fazia que não com as mãos, mas não adiantou, prenderam-no". A Àngela ouvia um assobio. Era fraquinho, mas agudo. Beliscou a Bernadeta, que cochichou "Amarraram-nos emparelhados. O jovem às costas do Martí. O pai com o tio Raposa. O velho, que não conseguia mais andar, foi deitado no chão e lhe esmagaram a cabeça com uma pedra. E os levaram até que se juntaram a mais homens de boina vermelha e mais prisioneiros suplicantes". O assobio saía do peito da Àngela quando ela respirava. "Puseram-nos enfileirados. E um homem que era como um pássaro, todo vestido de preto, aproximou-se deles e os fez ajoelhar. Martí obedeceu. O jovem pegou umas moedas e deu ao pássaro preto. O tio Raposa fechou os olhos. O pai, com as mãos amarradas, fazia que não com a cabeça. Mas começaram a disparar. Primeiro contra um par de homens que choravam. Depois no pai e no tio." O assobio dentro do peito da Àngela soava mais forte. "Caíram no chão, um em cima do outro, com as caras brancas, as bocas abertas e o sangue de ambos se misturando." A Àngela não chorava porque não sabia chorar. Assobiava. E o assobio só parava quando ela exigia "E o que mais?!". "Depois dispararam no Martí, amarrado às costas do jovem, e eles caíram. O Martí embaixo. Mas o Martí não morreu. Ficou bem quieto, no chão, empapado de sangue, até que passaram para revisar, e quando umas botas estavam bem perto, o corpo do homem a quem o Martí estava amarrado teve um espasmo. E então voltaram a disparar. Na cabeça e no peito." A Àngela pôs a mão na cabeça e no peito. "Aqui, e aqui", como a Bernadeta dizia a ela que o matariam quando eram pequenos. E perguntou, "Que mais?!". A Bernadeta choramingava. "E que mais?!" "Depois tiraram as roupas deles e os empilharam." "E que mais?!" A Àngela não notava as pontadas. "E que mais?!" E queria notá-las. "E que mais?!" Queria experimentar o tormento, as pontadas, a dor que forçosamente as pessoas sentem quando lhes matam tantas coisas. "E que mais?!" Queria sentir a ferida aberta, supurando. A faca dentro, dando voltas. Os dedos da Bernadeta dentro, dando voltas. Que a sua boca abrisse como numa careta, que seus lábios arregaçassem e as gengivas vermelhas aparecessem. "Depois vieram as raposas." "E que mais?!" Que a língua recuasse para o fundo da garganta, os olhos fossem para trás, e as mãos se enrolassem como samambaias, e que o Martí tivesse que abri-las. E que pudesse dizer já entendi, já entendi, Martí.

    A Sheila não estava mais escrevendo, agora desenhava. Fazia esboços de moças com olhos e peitos grandes e nariz pequeno, e moços com ombros largos e cabelo caindo no rosto. O Nico ainda jogava. A Joana olhou para a cozinha roxa e as caras respeitáveis e entediantes que a povoavam, e pensou que a penumbra do entardecer e a quietude da espera faziam o ânimo e o espírito de festa diminuir. E para que o tempo passasse um pouco mais rápido, disse:

— Pois então, era uma vez um homem velho, muito velho, e pobre, que tinha apenas um burro e três filhos preguiçosos, e que um dia se enfiou na cama e não saiu mais. O homem pensou, já estou velho, qualquer dia desses vou fechar os olhos e não vou abrir mais, e preciso decidir o que fazer com o burro. Chamou os filhos à beira da cama e lhes disse, "Meus filhos, estou velho e um dia desses vou morrer. Saiam pelo mundo e daqui a um ano voltem, e depois que eu morrer vou deixar o burro àquele de vocês que tiver feito o maior ato de preguiça".

As duas moscas ávidas passeavam perto do copo de suco da Sheila. A menina as espantou. Joana prosseguiu:

— O irmão mais velho e o do meio saíram pelo mundo, mas o pequeno ficou. Quando deu um ano, os dois irmãos voltaram para casa, aproximaram-se da cama onde o pai se exauria, e o mais velho disse, "Pai, o burro é meu". O pai doente perguntou, "O que você fez? Diga!". "Era verão", contou o irmão mais velho, "nadava num remanso de rio quando de repente me deu tanta preguiça que não conseguia mexer nem braços nem pernas. Estava me afogando, mas por preguiça não saía de lá. Por sorte umas pessoas me viram e me tiraram da água já meio morto". Mas o irmão do meio exclamou, "Pai, o burro é meu. Sou mais preguiçoso que o herdeiro". "Explique-se", disse o velho. "Era inverno, uma noite gelada, e eu estava junto à lareira de uma casa à qual eu havia chegado naquele fim de tarde. Do fogo saltou uma brasa e caiu no meu pé, mas eu, por preguiça, e de tão à vontade que estava, não me preocupei em tirá-la. Senti vontade de fazer isso pela dor que me provocava, mas a preguiça era maior. Até que as pessoas da casa, sentindo o cheiro de carne chamuscada, vieram e tiraram a brasa." O irmão mais novo não dizia nada. "E você, filho, o que fez?", perguntou o pai. O rapaz bocejou e disse, "Não vou nem responder, meu pai, pois tenho preguiça de raciocinar". Deu um segundo bocejo, ainda maior, e o burro foi dele. E dali a alguns dias o pai morreu, e, por preguiça, deixaram-no ali sem enterro.

A Joana explodiu numa gargalhada torta, e as mulheres se juntaram a ela. Batiam mãos e pés e celebravam. As crianças e as moscas continuaram impassíveis. A Dolça trepou na cadeira e assobiava com os dedos dentro da boca. O Mau Caçador a ensinara a assobiar assim. Tinha um assobio para cada coisa, e os cachorros dele sabiam o que significava cada assobio. Mostrava à Dolça como tinha que colocar os lábios, "Como se você desse um beijo", e depois mostrou como tinha que pôr os dedos na boca, "Assim, muito bem". E de repente dizia, "Cacei a lebre!", e a carregava nos ombros como se fosse um troféu. O Mau Caçador era um homão boa pinta. Encorpado, com as costas, o pescoço e o peito robustos, e bigode e cabelo ruivos. Tinha uns olhos pequenos e claros que ficavam escondidos sob as sobrancelhas, como dentro de duas cavernas, a bunda era como uma maçã e a mandíbula, como uma gaveta bem encaixada. A Dolça o chamava de Mau Caçador porque, em vez de caçar, deitava-se com ela em cima de um tapete quente de lombos, cabeças, focinhos e rabos contentes. Então a Dolça lhe acariciava o bigode, porque o Mau Caçador gostava que lhe fizessem cafuné no bigode e dizia a ela que os ganidos são os gritos agudos que os cachorros fazem quando descobrem a presa. Ensinava-a a assobiar, e os cães levantavam as orelhas.

No meio da algazarra das mulheres, a Rosa entrou na cozinha. Exclamou, assim não se enxerga nada!, e acendeu uma luz, que piscou agressiva. A Dolça desceu da cadeira, como se a tivessem surpreendido no meio de uma travessura. A Rosa tocou a cabeça da Sheila, a bochecha de Nico e disse, chega de brincar. Mas o Nico não deu bola. A mãe deles colocou uma xícara dentro da urna, e disse que a Bernadeta estava com a boca seca, e que não queria jantar, mas queria bolachas e um chá de camomila para ajudá-las a descer. A Sheila continuou desenhando. A xícara dava voltas. E as duas moscas pousaram na bancada, diante da Rosa, que as viu e se agachou, discreta. De debaixo da pia, pegou uma pá. Levantou-a e mirou bem. Tomou impulso, deu um golpe e matou as duas. As crianças ergueram a cabeça um instante, como se o golpe as tivesse incomodado. Então se ouviu um som escandaloso e estridente, de ovos cegos, mas sem ovos e sem fogo, e a Rosa pegou seu espelhinho e soltou exclamações alegres. O estardalhaço parou. Dentro do espelhinho havia um duende, e a Rosa o moveu para colocá-lo diante das crianças. Era parecido com a Rosa, aquele duende, tinha as sobrancelhas bem finas, desenhadas, e as pálpebras pintadas. Mas era pequenino, e usava um diadema e uma bata cor-de-rosa. A casa dele era pequena. Casa de duende. Cabia inteira ali dentro. As crianças o cumprimentaram, a campainha da urna soou e a Rosa pegou a xícara e saiu da cozinha para voltar lá para cima.

Quando a Margarida a ouviu subindo a escada e falando, bufou e revirou os olhos. E quando a Rosa entrou no quarto com a infusão de camomila da Bernadeta, a Margarida revirou-se na cadeira, indignada, porque não entendia de jeito nenhum por que aquela mulher forasteira e irritante não tinha uma casa que fosse dela e precisava se enfiar na casa dos outros. Por que não tinha uma mãe ou avó ou irmã própria. Ou um parente qualquer. Porque forçosamente teria que ter uma mãe. Como todos. Todos, querendo ou não, têm uma mãe. Ou uma irmã. Caramba. Qualquer coisa! A Rosa acariciou as mãos da velha e lhe mostrou o duende de dentro do espelhinho, embora a Bernadeta pouco se importasse. As unhas da Rosa eram desmedidamente compridas e lilás, e a Margarida sentiu até um calafrio ao ver a Bernadeta deixando-se tocar por aquelas garras. E não só se deixava tocar, como até gostava daquela carícia. Mas depois pensou que ninguém amava a Bernadeta. Que a Ângela não lhe fazia carinho quando era pequena. E por isso a velha gostava de agrados infectos. Mas mesmo que a Rosa, ao olhar para a Bernadeta, só visse uma velhinha desvalida numa cama, as velhinhas nunca são desvalidas. Esperem e verão, suas ingênuas! Esperem só a Bernadeta morrer. E verão para onde vai.

A muito endemoniada, a ovelha desgarrada que enfiou o leão rugidor dentro de casa como quem deixa entrar a peste, as infecções e as maldições, com comitiva, com boas-vindas, com palmas e ramos de louros. Porque bem sabia a Margarida para onde a velha iria ao morrer. Que teriam que amarrá-la. Seguiria o fedor como um rastro. Porca, pecadora e escorregadia como era. Iria se enfiar noite adentro como uma cadela no cio, com meias e camisola de dormir, e o demônio que a procurasse entre as árvores!

A Rosa apareceu na sala e se sentou à mesa. Perguntou ao duende como ia o trabalho e o duende disse que bem, e lhe fez perguntas. A Rosa respondia e dizia nomes, dizia a Bernadeta e o David, dizia a Marta, a Sheila e o Nico. E de repente riu, porque o duende dentro do espelhinho ficava fazendo graça. A Rosa tapava a boca com as mãos e punha os dedos nas bochechas. E no meio do vozerio, a Sheila e o Nico subiram a escada e interromperam sua mãe dizendo que estavam com fome. Perguntaram, quando a gente vai embora, mãe? E quando ouviu aquelas vozes, na escuridão do meio da escada, procurando sua mãe, a Margarida foi percorrida por um calafrio. A Rosa respondeu que iriam embora assim que a Marta voltasse. Que estava conversando com a tia Carme. Que dentro da sacola tinham o jantar pronto num *tupperware*, e podiam esquentar no micro-ondas. O que quer que significassem aquelas palavras.

A Margarida dizia "filhos meus" às suas crianças, mas o Bartomeu e o Esteve não a procuravam mais, já não lhe pediam nada, e não a chamavam mais de "mãe". Olhavam-na com desdém, porque, enquanto a Margarida estivera na prisão do Corregedor, haviam virado adultos e arredios, como os gatos, que crescem e esquecem quem é sua mãe. E quando foram embora, para sempre, à noite, como quem foge, nem se despediram dela. E então a Margarida entendeu. Com o coração apertado. A cama de seus filhos estava vazia e os cobertores estavam frios, e a Margarida compreendeu. Sabia que, por causa do pacto que a Joana fizera e desfizera com o diabo, faltava-lhe um quarto do coração, e à Blanca faltava-lhe a língua. Que aquela sua irmã amarelenta que se chamava Esperança havia nascido sem fígado. Ao herdeiro faltara o buraco da bunda. Ao Esteve, faltava-lhe uma orelha, ao Raposa, um nome, à Àngela, a dor, ao Martí, o Manco, meio palmo de perna, e à Bernadeta, os cílios, e mais tarde entenderia que faltava à Dolça o rabo de cabra, à Marta, a memória, e à Alexandra, sabe-se lá o que faltava à Alexandra! Tudo, de paciência a espírito de sacrifício, a sangue nas veias, expediente, respeito... Mas quando seus filhos foram embora, a Margarida compreendeu que o que faltava ao Bartomeu, o que sempre havia faltado a seu primogênito, a falta que ela procurava e procurava quando ele era criança e não encontrava, porque estava escondida, era o amor que um filho deveria sentir por sua mãe.

A partir daquele momento, tudo o que a Margarida esperava era morrer. Mas, infelizmente, coitada, todos passaram à frente dela. Como numa corrida. Em debandada. A Elisabet foi a primeira. Morreu urinando sangue e pondo a língua de deboche para fora e fazendo zombarias com as mãos. Mais tarde, foram os Martís e o Raposa, que não deveriam ter se afastado do casarão. Desde que eram pequenos, a Margarida vivia repetindo isso, e mesmo assim se deixaram matar tão longe de casa que, uma vez mortos, não souberam voltar. Depois a Àngela, como um pedaço de pernil salgado, seca e ressequida por dentro por não saber chorar. Àquela altura, a Margarida se deu conta de que o casarão voltava a ser dela, da Joana e da Blanca. Sem intrusos. Como antes. A Bernadeta ela nem contava, porque aquela endemoniada, que lembrava do que não era seu, vivia escondida como uma aranha. E por um momento a Margarida celebrou isso. Que a casa voltasse a ser dela, da Joana e da Blanca. E poderia ter sido bonito viverem as três juntas de novo, como uma mãe e duas irmãs, se a Joana e a Blanca tivessem se alegrado. Mas não se alegraram. E não só não se alegraram, como disseram salve-se quem puder, tchau e bênção! A Blanca sufocou com um nabo. Sua cabeça caiu dentro da sopa, e a Margarida teve que tirar a cara dela de dentro do prato. A Joana morreu de uma gargalhada. A cabeça, cheia de disparates, de histórias e chistes, ficou pendurada de um lado. A Margarida a encontrou sentada no banco com o pescoço dobrado, a boca entreaberta e os olhos risonhos. E a pobre mulher ficou sozinha e, ao anoitecer, ajoelhava-se, suplicando. Fechava os olhos e via as portas do Céu, abrindo-se à sua passagem. Os anjos cantando. Com as bocas rosadas e carnudas, as bochechas de veludo, os olhos úmidos de júbilo, as coroas de ouro e as túnicas de seda, descalços e tocando alaúdes. E no meio dos anjos, Nosso Senhor, que a segurava pelo rosto e a beijava, "Bem-vinda à Glória", murmurava. O mesmo que dissera ao Francesc, quando o recebeu. Quando o tirou daquela praça infame e o acolheu em seus braços de pai. "Bem-vindo à Glória", dissera-lhe ao pé do ouvido, e lhe segurara as mãos robustas e ásperas para enchê-las de beijos. Porque Nosso Senhor beijara os polegares, as palmas, os dorsos, os pulsos do Francesc. Depois o fitara e lhe dera um beijo na testa, dois beijos nas bochechas limpas, mais beijos entre as sobrancelhas, no nariz, no pomo de adão, na covinha do queixo, nos lábios. As bocas do Senhor e do Francesc haviam se aberto úmidas e haviam se juntado. As línguas haviam se chocado, como numa batalha, dando cambalhotas, entrelaçadas, as mãos se procuravam, apalpavam, agarravam. E os gemidos graves de prazer haviam despertado a Margarida, que acordara de repente. Entre sufocos. Alarmada. Suada. Era noite escura. Mas o rumor do sonho continuava. Os golpes e os grunhidos. Primeiro a mulher pensou que fossem ratos. Mas no meio das respirações ofegantes distinguira cochichos. E se levantou por achar que havia entrado gente na casa. Ladrões! Facínoras! Depois de séculos vivendo escondidas, haviam sido encontradas. As paredes respiravam, úmidas, rítmicas, lastimosas, a meio caminho entre a queixa e alguma outra coisa. A ponto de te comer, como uma boca. Os lamentos cresciam, sufocavam. Transformavam-se em alaridos. E o coração pequeno, pulsando, compacto, amedrontado — e ao mesmo tempo curioso — da Margarida empurrara e abrira uma porta, como uma pálpebra. E então, que Deus nos ampare, ela viu. A visão terrível. O abraço imundo. Pérfido. As nádegas nuas. A pele branca e o pelo preto. A Bernadeta. E a mancha tenebrosa atrás da Bernadeta, que era o pescoço grosso e a corcova e as costas. O touro. O rabo, os chifres. O demônio dentro de casa! As bocas abertas. O suor feito pérolas. O membro e os peitos. As respirações ofegantes. Os gemidos. As investidas. Uma atrás da outra, uma atrás da outra. Dentro dos olhos da Margarida cabiam apenas o touro e a mulher e as nádegas e os ventres. E dentro de seu nariz cabia apenas o fedor infecto de sexo, de cabra, de pés, de bunda, de água parada, de partes baixas. Arfava. Tantos séculos escondendo-se, tantos anos ocultando-se! Os ossos carcomidos de uma vida que valia por uma quinzena de vidas humanas! De tão solitária, enfadonha e longa, dedicada a guardar aquela chácara e aquele casarão, e afinal, para quê? Para que aquela deicida enfiasse o próprio demônio dentro de casa. A Margarida tentara voltar ao seu quarto segurando-se pelas paredes, que se afastavam. Mas caíra de joelhos. Tremia. Tinha as mãos entrelaçadas. As unhas, primeiro róseas, depois brancas. Chegara a hora. Tinham-na matado. Era tão feio o que vira que a haviam matado. E ainda tivera tempo de pensar, aleluia! Mas não de pensar que quando alguém tem uma morte ruim, uma morte horrível, uma morte nefanda, tão ruim que Deus não tem coragem de olhar, então esse alguém fica para trás e passeia por esse mundo como um condenado. Como uma alma penada. Desamparada. Negligenciada, abandonada, encantada e castigada. Adeus!, ofegava, entregue e desfeita. Desejosa e inflamada. Ansiosa para chegar ao outro lado. Esperando o círculo de anjos.

NOITE

Ahir es va morir la besàvia
l'àvia també s'ha de morir
la mort de la mare es prepara
i tu, more't pels teus fills![10]

Pau Riba, "*Ja s'ha mort la besàvia*"

O fedor era orgânico. Vivo. Áspero. Denso. Pontiagudo. Pulsava e sugava, obstinado, inflado pela escuridão e pela umidade. As mulheres na cozinha estavam inquietas. Excitadas. Remexiam-se nervosas e davam pancadinhas impacientes em qualquer coisa. As crianças se contagiavam com isso. Enquanto jantavam, produziam ritmos com os pés contra os pés da mesa. A Rosa também estava agitada. Rondava pelo andar de cima, e ouviram quando ela desceu, abriu o armarinho embutido da entrada, pegou um pote e o agitou. Depois o apontou para a frente com o braço esticado, e do pote saiu um ar carregado e cheiroso que fazia ffssst, ffssst. Espalhou-o pela entrada. Voltou a subir e disparou o vento floral na sala. Então chegou o som de um carro sem cavalos, e a Sheila exclamou, já era hora! A menina saiu da cozinha com um salto e

---

10 Ontem a bisavó morreu / A avó também irá morrer / a morte da mãe se prepara / e tu, morre pelos teus filhos!. [N.T.]

pôs as mãos na cintura. Quando a porta principal abriu, a criança disse, não tem cabrito nenhum! A Marta tirou o pó dos sapatos antes de entrar. Encolheu os ombros. Respondeu que bem que havia um cabrito ali de manhã. E que as cabras conseguiam fugir por um buraco assim. Juntou dois dedos. Tirou a jaqueta molhada e acrescentou que se o achasse no dia seguinte, daria a ela de presente. Que já tinha cabras e cabritos suficientes, que a Bernadeta era velha e não cuidava mais deles. Mas a Rosa, que descia as escadas e ouviu isso, protestou que só lhe faltava uma cabra! Perguntou, você sente o fedor, Marta? A Sheila disse, eu sinto. A Rosa acrescentou que pusera o aromatizador, mas que não tinha certeza se havia adiantado muito. Depois comentou que a Bernadeta já dormia e não quisera jantar, tinha comido só umas bolachas, e a Marta disse, obrigada, Rosa.

Mas no quarto de cima a Bernadeta não dormia. Fingia. Acordara no meio da tarde, na hora em que a Rosa e as crianças chegaram, e não conseguira mais dormir. Fechava os olhos por um tempão para que o sono viesse buscá-la, mas já o perdera e não havia jeito de voltar a submergir naquele poço. Ouvia as vozes distantes e brincalhonas da Rosa e da Marta na entrada. Riam. A Rosa dizia, puxa, quanta casa, Marta! E garantia que ela não saberia o que fazer com aquele casarão enorme, com todos os seus cantos, e todos os seus barulhos, e todos os seus silêncios, e acrescentava que hoje, com a algazarra da chuva, quase conseguira ouvir os cochichos e as risadas, as batidas e os passos. A Marta riu, e a Sheila perguntou, mãe, fantasmas? Sempre que conseguia evitar, a Bernadeta não tinha contato com ninguém, a não ser com a Marta, a Alexandra, a doutora que ia visitá-la no casarão porque ela se negava a sair de lá, e a Rosa e a criançada. A Marta e a Alexandra eram neta e bisneta. A doutora era reservada. E a Rosa era afável, e na verdade quase nunca trazia suas crianças quando ia ao Mas

Clavell para lhe fazer companhia enquanto a Marta estava no trabalho. Ouviu-se um som de chaves e a voz da Rosa que exclamava, vamos, vamos!, para que a Sheila e o Nico se agasalhassem. Ordenou que se despedissem, e as crianças se despediram e saíram da casa. A Bernadeta estava preparada. Notava o corpo exausto, o coração tranquilo, o espírito leve. Estava de olhos fechados, a mandíbula frouxa, a língua mole dentro da boca. Respirava, recolocava a cabeça no travesseiro, estalava a boca e levava as mãos ao peito. Precisava adormecer. Suspirava. Tinha visto desde menina que era possível morrer dormindo, na própria cama. Às vezes parecia que já havia conseguido. Que era isso. Que uma sonolência doce a envolvia, que os lábios se desgrudavam, os ossos afundavam na carne, a consciência se desprendia e enveredava por um caminho escuro, e que já sonhava, já sonhava. Mas então uma porção de mãos a seguravam e sustentavam sua cabeça erguida. A Bernadeta era uma menina e se remexia, mas não conseguia liberar-se. O céu espetava. Queria fechar as pálpebras, mas não conseguia, porque os dedos as abriam e seguravam. Tentava se virar, mas a seguravam mais forte ainda, e despejavam água morna e dourada em seus olhos doloridos, como um susto que desfazia as caras. Só então a soltavam. E a Bernadeta pestanejava. Adivinhava que algo havia mudado, e percebia que a ardência já não coçava. Que o zumbido descansava. Tinhas as faces úmidas. Os olhos frescos, sossegados, como dois charcos após um temporal. Até que secavam. E a ardência voltava. Mais raivosa. Mais brava. As mãos abriam-lhe as pálpebras e de novo a Bernadeta chorava lágrimas de ardência até que a dor diminuía. E ficava parada. Com os olhos arregalados. Quieta. Às vezes abrindo-os e fechando-os, porque já não doíam. Mas então, quando as mãos a abandonavam, ela os via. O primeiro foi um homem com um orifício preto de cada lado da cabeça, no lugar onde deveriam estar as orelhas, que gemia porque lhe arrancavam a carne das costas com tenazes. A Bernadeta fechava as pálpebras, mas o homem ainda estava ali. Ela choramingava, e os da casa despejavam mais água de tomilho em seus olhos como se os afogassem. Depois entreviu um menino inchado e roxo que não tinha o buraco de trás. A criança berrava e berrava, e a Bernadeta olhava para ele assustada, até que ele não berrava mais, porque estava morto e o enterravam. As mãos a apertavam. Quanto mais choramingava, mais infusão lhe davam. E a ardência não voltou, mas quanto mais potes d'água de tomilho lhe aplicavam, mais valas e canais, frestas e orifícios surgiam atrás de seus olhos e mais coisas via. Vislumbrava lobos por toda parte. Lobos que comiam crianças. Lobos que vomitavam com as bocas espumando e o rabo entre as pernas. Distinguia um homem com cara de cachorro e cabelos de palha que estava sendo enforcado no alto de um monte. E depois mais homens dependurados por todo tipo de lugar, e mais homens esquartejados. Contemplava como três indivíduos entravam num casarão e matavam os donos, a menina, o ajudante e a empregada a facadas. Sua mãe gritava, "Você está inventando isso!" e "Cale a boca!". Mas a criança não se calava, porque então via uma pilha de corpos nus e sujos, como vermes, debaixo das árvores, com as bocas abertas e as bochechas brancas. E, no meio das caras desconjuntadas, estavam as de seu tio e seu pai. Se vasculhava mais, também encontrava o rosto de seu irmão. E a Bernadeta chorava, mas chorava de raiva, não de pena. Porque o Martí, o Manco, era amado por todos, mas a ela todos viravam as costas. Seu pai exclamava, "Quem você acha que poderia me matar se estamos escondidos aqui?!", mas se a Bernadeta o tocava, o Martí, o Suave, afastava as mãos.

Até o dia em que viu o touro. Que foi a primeira coisa bonita que a Bernadeta percebeu. Majestoso. Repousado e bovino. Tão belo quanto a coisa mais bela. Protetor e negro. Depois vislumbrou a gatinha. Uma gata de três cores. Mansa. Macia. Com a língua cor-de-rosa. Mais tarde distinguiu a cabritinha, e a Bernadeta já não chorou mais, porque a cabra era divertida. Esperta. Boa. Serena. Às vezes era uma cabra branca, às vezes um bode preto. E ia fazer-lhe companhia para que ela não olhasse o recém-nascido amarelo nem a mulher a quem as feras haviam devorado o rosto e as mãos. À medida que crescia, aprendia. A buscar o touro. A se consolar com a gatinha. E quando via a cabeça da Blanca cair dentro da sopa, ou aqueles soldados queimarem a casa, ou a Joana ficar apoplética, transtornada, revirando os olhos e com a língua para fora, a Bernadeta, que já era uma mocinha, ia frenética procurar o homem calvo, de sobrancelhas magníficas, pés de galo e peitos de mulher. Quando a Margarida lhe ordenava, "Fora!" e "Nem me olhe! Que se a morte de alguém não pode ser da própria pessoa, me diga então o que resta que seja só dela!", a Bernadeta obedecia, desviava o olhar, e em vez de olhar para a Margarida, com aqueles olhos arregalados, morta no chão, procurava a cabritinha. E se, mesmo já sendo mulher adulta e direita era assediada por aqueles malfeitores que matavam todas as pessoas de um casarão a facadas, ou pelos homens enforcados e esquartejados, procurava o touro. E não via como eram apunhalados, nem como os cortavam em pedaços, nem precisava observar o menino inchado de excrementos, nem o homem do cagalhão e as víboras, nem os lobos azuis que vomitavam, porque o touro era grande como um abraço, e em seus olhos não cabia mais nada. Até quando a mãe exigira que respondesse, "Onde estão?" e "O que você sabe?", a Bernadeta consolou-se olhando o touro, a gata, o bode, a cabra e o homem que tinha a boca feia e bonita ao mesmo tempo. Primeiro ficou calada, porque sabia o que aconteceria se respondesse. Mas a Àngela havia insistido tanto, "Quero que você me diga" e "O que mais? O que mais? O que mais?!", que a Bernadeta acabou explicando-lhe como haviam matado seu pai, seu tio e seu irmão, e como sua mãe morrera de pena, dessecada como um pedaço de pernil salgado.

A velha fechava os olhos, obstinada, e procurava um palmo de cama que ainda estivesse fresco. Cobria-se até o queixo. Ouvia o som de acalanto da chuva e respirava fundo. Mas o cheiro não ajudava. O aroma intenso que enchia a casa era bom demais, excitante demais, embriagador e estimulante demais, cheio de promessas demais. Entrava por seu nariz, e ela era percorrida por tremores e quenturas tão intensos que pareciam impensáveis na sua idade.

A Bernadeta estivera sempre tão sozinha que a primeira vez que sentiu o fedor não acreditou. O cheiro intenso de bicho, de touro, de cabra e de mais coisas ainda vinha do bosque e se arrastava pelo chão. E a Bernadeta se ajoelhou, como quem reza. Farejou. E seguiu o fedor como um rastro. De quatro. Aflita, com as narinas pulsando e os joelhos tremendo, porque adivinhava a quem pertencia aquele cheiro. Encontrou um veio de fedentina asfixiante e depurada. Tão forte a ardência que ficou desavorada. Foi perseguindo com as mãos à frente, tateando. Meio aos empurrões, tropeçando. Como uma mulher cega. Primeiro topou com uma parede de pedra. Que era úmida e fria. Depois encontrou o buraco com os dedos. Que era baixo, de três palmos por quatro. A nascente da pestilência. Deitou-se de barriga para baixo e entrou arrastando-se como uma cobra, ou uma lesma, ou alguma coisa que voltasse a nascer. Rastejou com a barriga, com as coxas, com os cotovelos. Perseguindo aquele fedor molhado e virulento. A entrada da toca era estreita e depois se alargava e ficava oval como uma amêndoa. A Bernadeta esticava o pescoço para fazer o nariz avançar. Estendia as mãos para que os dedos avançassem. Apalpava o chão e as paredes, e no meio do negror encontrou uma pata. Com um sobressalto. Um casco. E outra pata. E outro casco. Seus dedos formigavam. Tocou um ventre peludo. Suas mãos queimavam. Agarrou um peito com um punhado de pelos ásperos, um crânio mirrado, um pescoço flácido, orelhas baixas, chifres curtos, olhos fechados. O focinho, redondo, fedia a urina e a cinzas. O animal dormia. A Bernadeta disse, "Onde você estava? Onde você estava?". A voz saiu gritada, "ONDE VOCÊ ESTAVA?! ONDE VOCÊ ESTAVA?!", e o demônio acordou no colo dela, no escuro, sobressaltado, violentado e aos gritos. Não se enxergavam. O bode, sim, porque então era um bode, feio, mendicante, enfraquecido, grotesco, chifrudo e corcunda pelo peso de tanta solidão, primeiro abriu o focinho surpreso, depois o abriu hesitante. A Bernadeta encostou sua boca na dele. A língua do bicho era salgada, picante, terrosa e tinha gosto de anis. A mulher apalpava a pele peluda e a carne de baixo dele. E com as carícias, o bode cresceu. O peito ficou maior, as costas se encheram e o pescoço foi engrossando, como uma árvore. A Bernadeta tocava os chifres dele, que agora eram compridos e curvos, as orelhas carnosas, a fronte larga, o focinho úmido, o pescoço venoso. Já não era um bode. Agora era um touro. Preto. Altivo e imenso. A Bernadeta, esfomeada, não o largava. Tocava suas carnes duras, as curvas abundantes, as robustezas e as protuberâncias, até que o touro deslizou por dentro de seu abraço, encolheu-se entre seus braços e ficou primeiro pequeno, uma gata que ronronava, e depois comprido, um homem magricela com pés de galo, peitos de mulher e mãos que respondiam.

 A partir de então, a Bernadeta se enfiava naquela toca todos os dias e, dentro do ventre obscuro da montanha, aferrava-se àquele corpo cambiante e instável. Abria os olhos e a única coisa que via eram obscuridades azuis. Lilás, pretas, roxas. Que dançavam, até que de repente as tenebrosidades explodiam. Brilhantes, alaranjadas, amarelas, grená. Por um momento a luz rompia o negror. Depois a obscuridade a engolia. Primeiro as deflagrações, em seguida a escuridão. E mais fulgores, e ainda mais trevas. Mas naquela escuridão não havia homens sem orelhas, nem mulheres sem rosto, nem crianças inchadas cheias de excrementos, nem recém-nascidos amarelos, nem víboras, nem lobos, nem enforcados, nem esquartejados, nem mulheres violadas, nem esfaqueados. Apenas labaredas. Apenas um céu sempre noturno. E, de repente, estalidos. Fulgências. E estrelas. E depois um temporal sem fim. Chovia e chovia, e choveu tanto que, da chuva incansável, fizeram-se os mares e os rios e os lagos. A água era negra e avançava. Depois recuava. E o mar se abria e da ferida saía fogo. Como sangue. As nuvens esgarçavam-se e distinguia-se um sol, como uma flor. Nova. Primeiro, branca. Em seguida, tão amarela que matava. E se punha a zunir assim que se erguia. A lua era grande e rosa como se você pudesse tocá-la. As estrelas se acendiam e despencavam, com cauda, azuis. Não havia casas, nem árvores, nem montanhas. Não havia uma chácara e um casarão chamado Mas Clavell, porque tudo estava coberto de água. As estrelas se precipitavam nela. Saíam fumaças. E a água se agitava, rasgava-se, e as serras arranhavam o ar, estrepitosas, e se erguiam. Mas as estrelas nunca paravam de cair. E as nuvens voltavam e então traziam o frio e, com o frio, o gelo. O mar congelava, branco. E descongelava, azul. E então vinha o calor, que secava tudo. Despois voltava o gelo. E de novo o calor. E mais tarde o musgo e as matas e as árvores que saíam da água, e os insetos que voavam, e as flores, e os peixes que caminhavam. Mas o frio não se cansava nunca, nem o calor, tampouco as nuvens, nem a escuridão, nem as rãs feias, nem os sapos mal-encarados, nem os tatuzinhos, que eram grandes como cabras, nem as centopeias, como serpentes, nem os lagartos, como cavalos, nem as galinhas monstruosas, com dentes em vez de bicos, e peles peludas e peles com escamas e peles com plumas, que se matavam e comiam umas às outras.

Bateram à porta. Toc-toc. A Marta, que estava embaixo, disse, já vai. Abriu. Do outro lado estava a Sheila, que protegia a cabeça da chuva com a jaqueta. Disse que tinha esquecido a mochila, e a Bernadeta ouviu pelo vão da escada a voz de Marta exclamando parece eu, que esqueço tudo! O trote da menina se enfiou pela cozinha e saiu. A Sheila deu um adeus fugaz, e a Marta fechou a porta, mas a Bernadeta, lá em cima no quarto, pensou que depois da morte da Margarida o mundo ficara pequeno, e era difícil, impossível, se esconder. E não paravam mais de bater àquela porta. Era um atrás do outro.

Toc-toc, batiam. A Bernadeta abriu. Eram três homens. Três rapazes. Chovia e o ar estava úmido e com cheiro de folhas molhadas. Disseram, "Boa noite, senhora", e olharam intimidados a mulher que segurava a porta, com os olhos amarelos, de lagartixa, sem cílios. A Bernadeta os examinou. Um deles explicou, "Foi por um triz, senhora!". A Bernadeta não respondeu. Estavam com os rostos pálidos, olheiras, as faces encovadas. Tinham as alpargatas empapadas, a roupa grudada nos ossos. "Por muito pouco não fomos enterrados." Apresentaram-se. A água os salpicava. O que falava se chamava Pernales, e seu primo, Vampiro. Tinham olhos e cabelos escuros. O terceiro, que vinha cabisbaixo e era o que mais se molhava, e era loiro e de pele rosada, chamavam de Filhote. Como se brincassem. O Pernales, que tinha uma voz cativante e convincente, "Como mortos em vida!", proferia. "Tínhamos uma caverna que parecia um bom lugar, dava a impressão de aguentar bem, e não parecia exigir reparos." O primo Vampiro, que tinha um tom amargo, cansado e triste, como a outra face de uma moeda, meteu a colher, "Eu já havia dito que era preciso repará-la". Mas o Pernales prosseguiu, "Não arrumamos nada, porque em cima havia pedras grandes. E parecia uma caverna boa. Bem escondida, primeiro estreita, depois ampla, como uma amêndoa". A Bernadeta gemeu, mas com a barulheira do temporal não ouviram seu gemido, e o Pernales acrescentou, "E essa tarde chovia, e dissemos, 'Vamos sair!, porque com essa chuva não vai aparecer ninguém, e assim andamos um pouco de dia', porque a gente acaba esquecendo de caminhar de dia. E não havíamos andado cem metros quando eu disse a esse aqui, 'Trouxe o cantil?'. O cantil de vinho. E não havíamos trazido. E voltamos para pegá-lo. Mas, quando chegamos, encontramos a caverna afundada. E fazia só um instante que havíamos saído! Se tivéssemos demorado um pouco mais, teríamos sido enterrados vivos!". E então o Pernales, como se lhe tivessem perguntado, disse, "Os da nossa leva foram a Barcelona acompanhados por um funcionário da prefeitura. E dos trinta e cinco ou mais que devíamos ser, fomos só uma dúzia, porque os outros ou já estavam escondidos ou estavam no front, como voluntários. Depois da revisão e do alistamento, deixaram-nos voltar para casa, mas quando saímos do quartel era uma da manhã e as pensões estavam fechadas. E tivemos que dormir ao relento, na praça de Catalunya, até dar a hora de pegar o primeiro trem". A Bernadeta não ouvia, mas o Pernales relatava que aquela noite, dormindo de qualquer jeito, foi quando começou a pensar em não ir à guerra e em se esconder, emboscado. "Porque tanto se eu fosse para o front como se passasse para o bando dos nacionalistas, daria um desgosto aos meus pais. E então o primo", e apontou para o homem triste ao seu lado, "disse que lutar não lutaria, que se esconderia". E o primo Vampiro acrescentou, taciturno, "Para não ter que ir à guerra, ou seja, ao matadouro...". O Pernales explicou, "Primeiro nos emboscamos perto de casa, e assim ajudávamos. Até que um dia quase fomos pegos. Descemos do trecho de bosque onde estávamos, para tomar um café da manhã e pegar comida, estávamos todos em volta da mesa quando meu irmão menor pôs a cabeça pela janela e gritou, 'Os carabineiros estão vindo!'. E em vez de descer pela escada, porque não daria tempo, pulamos pela janela. Por sorte minha irmã viu minha jaqueta, que ficara dependurada na entrada, e a colocou dentro de um caldeirão onde cozinhavam couves para os porcos. Reviraram tudo, de cima a baixo, mas não olharam dentro do caldeirão. E não paravam de perguntar onde estavam o irmão e o primo, e os da casa respondiam que não sabiam, que haviam partido para a guerra e que não nos tinham visto mais. E perguntavam às crianças, "Onde está seu irmão? Onde está seu primo?", e as crianças respondiam, "Foram matar fascistas!", e quando ameaçaram a mãe dizendo que iriam levá-la, ela disse, "Se quiserem me levar, pois levem. Só me deixem pegar as agulhas para tricotar meias... Porque eu... aquela molecada foi embora e eu sei lá onde estão'". A Bernadeta então conseguia vê-los, sem que tivesse intenção disso, escondidos no bosque, enquanto o Pernales dizia, "E então não nos aproximávamos mais da casa, em vez disso, a cada três ou quatro dias, o pai nos trazia o que a gente não conseguia por nossa conta, no esconderijo onde estávamos, e contava as últimas notícias da guerra. Até que o levaram embora, coitado do pai. Porque seu filho e seu sobrinho estavam escondidos, e eles sabiam disso. E então era o tio Carlos que vinha trazer comida pra gente". A Bernadeta entreviu um homem magro levando-lhes algo para comer, mas não soube quem era, se o pai ou o tio Carlos. Não importava. "Ele nos contava dos presos, o tio Carlos. Porque detiveram homens e mulheres de todas as casas que tinham parentes escondidos. Quarenta homens e quatro mulheres, esposas e mães dos escondidos. E num primeiro momento disseram que, se dessem duzentas e cinquenta pesetas por cabeça daqueles que estavam detidos, iriam soltá-los, mas depois disseram que não, que se os filhos ou os maridos ou quem quer que fosse não se apresentassem, os parentes não sairiam. Mas minha irmã foi ver o pai, e ele disse que não queria de jeito nenhum que a gente se entregasse." O primo Vampiro acrescentou, "Se não fosse pelos presos, para mim dava na mesma a guerra durar um ano mais, ou até dois". O loiro não falava. O Pernales matraqueava, "Então fomos nos esconder mais longe, porque a coisa estava ficando feia. Para não dar dores de cabeça ao pessoal de casa. E ficamos quietos, bem quietos, no bosque, e só de noite fazíamos ginástica ou confiscávamos algumas favas ou batatas. Mas, senhora, escolhíamos muito bem de quem confiscar. E se começávamos a achar que já sabiam onde dormíamos, íamos nos esconder em outras bandas. E então encontramos esse aqui, que andava totalmente sozinho, e o levamos junto, porque com essa cara de *filhote*...", disse e apontou para o loirinho. "Antes da guerra, ele queria ser seminarista, e sabe desenhar muito bem!", e debaixo da chuva exclamou, "Mostre a ela, mostre, Filhote, como você desenha". E aquele que antes da guerra ia ser seminarista tirou do peito umas folhas amarelas, "Não sabíamos que havia uma casa tão perto", murmurou, e foi a única coisa que disse. Mas o Pernales, como se fosse perigoso ficar calado aguardando uma resposta daquela mulher angustiada, prosseguiu, "E então achamos a caverna em forma de amêndoa, e agora esse aqui nos ensina a desenhar, e passamos o dia inteiro vigiando e desenhando". Os desenhos, que eram de burros, porcos, cavalos e de um cachorro, e de uma menina com um ramalhete, ficaram molhados, e então o Pernales se lamentou, "E, veja, era um esconderijo muito bom essa caverna que encontramos, porque era baixa, de três por quatro palmos, de texugo, e você precisa entrar se arrastando. Primeiro a cabeça. E que puta azar hoje com essa chuva ela ter afundado!". A Bernadeta fechou a porta. E passou a tranca. Os rapazes batiam e gritavam, "Por favor, senhora, não estamos armados, estamos com muita fome, o pouco que a gente tinha ficou soterrado, nos dê alguma coisa de comer". Mas a Bernadeta não lhes teria dado nada, mesmo que tivesse alguma coisa para dar. "Por favor, senhora, se nos acharem nos matam." Pois que os encontrem, que os matem, pensou ela.

A Bernadeta lhe acariciava os bigodes de gata, o ventre com oito mamilos, os cascos, os peitos de mulher, os chifres, o pescoço venoso, as tetas de cabra. Chamava-o de todos os nomes. Ao pé do ouvido. Ao mesmo tempo. Chamava-o de Coisa linda e de Coisa feia, Coruja e Perverso, Estranho e Coisa ruim. Chamava-o de Carrasco e Ladrão de vida, Querido e Estrela vespertina, Filho da puta e Pé redondo, Rei do Averno, Gaiato, Dragão e Príncipe das trevas, Íncubo, Leão, Grande bode, Rabudo, Pele de cabra e Pequeno mestre, chamava-o de Trovão, Pássaro preto, Chifrudo, Cornudo, Chifrinhos e Chifreverde. Ouvia no escuro como ele ria. Um riso gutural, que a Bernadeta engolia porque fedia a rocha úmida, a anis e a sêmen. Cochichava Velho amigo, e Brilho, Brilho dos olhos e do sol e das estrelas, Luz do meio-dia, Anjo azul, Bichana, Pecador desde o princípio, Adversário, Sapo-boi, Pé fendido, Bicho ruim, Boi, Filho do ar, Portador da aurora, Insensato, Rabocomprido e Rabocurto, Belzebu, Senhor da noite, Caído do céu e Maligno, Joelho pelado, Peido com rabo, Princípio e Final, Poucavergonha e Poucapena.

Às vezes, porém, o demônio se escapulia de seus braços. E já não virava uma gata dócil, nem um touro altivo, nem uma cabra simpática, mas um fardo miserável. Um despojo aflito, uma casca triste e solitária que não queria amar nem ser amada. Um homem feio e lastimoso, uma cabra desnutrida e cabisbaixa, um touro melancólico e compungido que só queria dormir, encolhido e coberto com uma capa pesada de penas, bordada e com pérolas. Um bode envelhecido, soterrado por uma montanha inteira de impressões distantes nas quais a Bernadeta não estava. Queixava-se e tinha nostalgia de outros tempos. Outras companhias. As grandes fogueiras, e os bichos estéreis. As flautas. Os esguichos de água transparente dos charcos e tanques. O cheiro de grama revirada. As risadas como cascavéis. As empresas de antigamente. As obras e os empenhos de antes. De antes, quando era um gigante. Quando era uma cabra sempre alegre. Silvestre. Selvagem. Primogênita. Nem justa nem injusta, nem boa nem ruim. Quando era um monstro com olhos de fogo, uma fera alada com cascos e chifres. Com braços de homem e patas de bode. Rememorava os tempos passados quando andava com séquito, e o colocavam no meio da roda, ofereciam-lhe fruta e queijos, penteavam e engalanavam com flores seus cabelos e barbas. Tempos, ah, quando o estimavam, quando precisavam dele, quando o chamavam, quando lhe faziam sacrifícios e pedidos, de joelhos, nus, untados, dançando com a bunda de fora. Recontava as almas. As que havia ganhado e as que perdera, por asneira. A do velho de Sant Hilari, que queria atravessar o córrego uma manhã em que este descia cheio. A da moça de Girona, que ia se casar do outro lado do Ter, e no dia das bodas o rio corria alto. A da dona de can Besa, que queria um poço. A da mulher feia de Seva, que queria um marido que fosse herdeiro. A do senhor de Montclús, que implorava para recuperar suas riquezas. A do herdeiro do Molí Nou, que cobiçava o amor de uma mocinha que sentia por ele grande indiferença. A do herdeiro de Quintanes, que queria o mesmo, mas de outra donzela. A dos prebostes de Sant Antoni, que não encontravam orquestra. A do Queló de Gurb, que nunca terminava de ceifar a tempo. A do senhor de Balsareny, que cobiçava um palácio com cem aposentos. A do senhor do Castell de les Escaules, que desejava um caminho plano. E a daquele transportador de Hostalets, que carregou o carro com mais do que devia e as mulas não conseguiam subir a ladeira. A Bernadeta lhe murmurava frases ternas, mas ele virava de costas: "Sou aquele que ninguém ama", dizia. E a Bernadeta deveria ter intuído. Ela, que via tudo, deveria ter previsto que uma criatura caprichosa e volátil sempre vai embora. Sempre foge. Sempre se esconde. Sempre escapa, covarde. Como um cervinho, como uma cobra, como um rato. Mas não quis ver isso. Porque a única coisa que queria era, por gentileza, por favor, que o amigo voltasse a brincar e a abraçá-la e a olhá-la com olhinhos de cabra. E então descobriu que o casarão o curava. Que a casa o fazia sarar da melancolia e da pena. Nunca o haviam deixado entrar. Deixavam-no fora, na horta, no alpendre. Como um bicho. E ela lhe dizia, "Vamos ao casarão", e os olhos da gata queixosa brilhavam. A cabritinha erguia as orelhas. O touro revigorava. O homem se esquecia de se compadecer e se queixar. Entravam à noite. O demônio fazia uma cara séria ao passar pela porta. Emocionado. Travesso. Olhava para a entrada escura, com a cabeça erguida e a boca entreaberta. Observava as vigas, as portas, as janelas. Tocava as paredes. Enfiava-se na cozinha, absorto, e olhava para o fogão. A mesa, as cadeiras. O teto. Subiam ao andar de cima. Acariciava os degraus. Dava a volta na sala. Dobrava os joelhos e levantava as patas de galo. Primeiro uma, depois a outra. Erguia os ombros até as orelhas e estendia os braços para cima. Dançava. Abria os olhos como dois poços e sorria, com a boca feia. Bonita. Voluptuosa. Alegre. Com as costas corcundas, chegava perto da Bernadeta. Abraçavam-se e se esfregavam. Empurravam-se contra as sombras, contra a escada. E a Bernadeta o mordia, como uma maçã, como um figo, como uma romã. Engolia-o e não soltava a mordida, ainda que não fosse mais o ombro de um homem, e sim o cangote de uma gata mansa ou o pescoço de um touro feroz que mal cabia na sala.

 Mas ainda batiam à porta. Toc-toc. Como loucos. TOC-TOC. Gritavam "ABRAM! ABRAM! ABRAM!". Ameaçavam derrubar a porta se não abrissem. E a Bernadeta pensou, que derrubem. Que derrubem. Porque para ela tanto fazia. Mas não derrubaram. Um homem magro com jaqueta e fuzil se enfiou dentro da casa pela janela da cozinha. Abriu a tranca da porta grande e mais três homens entraram. Não eram aqueles que se faziam chamar de Pernales, Vampiro e Filhote. Iam armados e não estavam molhados, porque já não chovia. E não era mais de noite, era de dia. A luz que se infiltrava pela porta era aveludada e cor-de-rosa. Foram para cima da Bernadeta. Um dos homens, de olhos azuis e rosto vermelho, agarrou-a pelos cabelos. O que havia entrado pela janela apontou para ela e disse, "Tá grávida. Olha só a barriga dela". A Bernadeta olhou sua barriga. Soltaram seus cabelos e a ergueram, cada um segurando um braço. Um terceiro homem, de boina e bigode, perguntou, "Onde você o escondeu?". Então o quarto, que era rechonchudo e baixo, cuspiu e exclamou "Fede que nem uma toca essa casa". E lhe passou sermão, "Os companheiros dos diferentes setores antifascistas lutam e morrem nos campos de batalha pela nossa causa. E quando os maus filhos do povo se escondem e fogem como covardes, esquecendo seus deveres na guerra contra o fascismo, sentam-se no banco dos traidores". A Bernadeta mal o via ou ouvia. O homem acrescentou que aqueles três renegados que se chamavam Josep e Pere Casas e Frederic Amorós, apesar de terem se apresentado a ela como Pernales, Vampiro e Filhote, confessaram, ao serem pegos, que ela que os ajudava. Que lhes trazia comida e cobertores. E tinham declarado que protegia outros por todos os lados. Que tinha a casa cheia de covardes e desertores, escondidos como ratos. Reviraram tudo. O que tinha olhos azuis e bonitos no meio de uma cara vermelha e endurecida a vigiava. Dizia, "Onde você o enfiou? Onde você enfiou o cara que te deixou barriguda?".

A Bernadeta não havia visto nenhum daqueles homens chegando, porque, abraçada ao demônio, via apenas o céu caindo. Aos pedaços. O frio voltando. A neve e o gelo. Os bichos famintos. Depois mais estalidos, trancos e faíscas. Fumaradas alaranjadas, lilás, vermelhas. A chuva de fogo. E nuvens negras. As galinhas como vacas e as lagartixas emplumadas deitadas no escuro, de boca aberta. As árvores dormiam sob a neve. Os rios, sob as cinzas. A noite era igual ao dia. O dia igual à noite. E então aparecia um sol de camisola branca, distante e doentio, e as brumas eram levadas embora. Mas as árvores secas, partidas, caídas, queimadas e arrancadas pela raiz, o haviam visto. E pouco a pouco, e muito prudentes, punham para fora os brotos emagrecidos de folhas verdes, como dedos que se procurassem. E muito cautelosos, lentamente, apareciam os bigodes, as patinhas com garras, as orelhas, os dentes dos sobreviventes. Os animais pequenos que haviam se escondido. Os camundongos, as doninhas, os esquilos, os arganazes, as ratazanas, os musaranhos, as toupeiras. Quando a Bernadeta encontrou a Margarida morta no chão, de mãos juntas, olhos e boca abertos, não pensou que ia ficar sozinha, porque sozinha sempre estivera. E não a viu, a solidão, terrível como uma bofetada, até que o fedor foi embora. De repente. Tal como havia chegado. Escapulindo-se pelo chão. Na ponta dos pés. E de manhã não estava mais em nenhum lugar que pudesse ser farejado. A Bernadeta gritou, porque se contemplou escarranchada. Com as pernas abertas. Na cozinha. Partida pela metade. Com a barriga inchada e imensa, parindo totalmente sozinha uma menina. E o procurou. Semicerrou os olhos e procurou o demônio dentro de todos os dias, e de cada noite que teria pela frente, até morrer, como seu irmão lhe dissera que morreria, dentro da sua cama, velhinha, sonhando. Mas o demônio não estava ali. Tinha ido embora. Ela correu, aos encontrões, até a parede da rocha, e disse, "Aonde você vai? Por que está indo embora?". A voz lhe saiu gritada, "AONDE VOCÊ VAI?! POR QUE ESTÁ INDO EMBORA?!". Depois gritava enlouquecida, "EU VI!", vociferava, "COVARDE!", berrava, "VI VOCÊ INDO EMBORA!". Ninguém respondia. A Bernadeta gemia, "Covarde, covarde,

covarde!". Enfiou-se dentro da caverna, guinchando como uma raposa, berrando "POR QUE VOCÊ ESTÁ INDO? POR QUE VOCÊ ESTÁ INDO?". Arranhava o frio do interior da toca, o negror, a umidade, o chão. Não teve nenhuma resposta. E então rugia, "SE QUER IR EMBORA, ENTÃO VÁ!". Não enxergava nada. "VÁ. Vá e não volte mais." Insultava-o, "Traidor, mentiroso, ladrão, enganador, falso, desertor, miserável, renegado, covarde". Chorava. Mas ele não respondia. Ela o imaginava encolhido, no escuro, cabisbaixo, queixoso, incapaz, "Covarde, covarde, covarde!". Depois pensou com um calafrio que ele talvez nem estivesse mais ali dentro. Golpeava o ar. Batia nas paredes, atirava-se contra elas, e a cada gesto vazio repetia,"Vá embora, vá embora, mas não volte nunca mais!", com tanta crueldade quanto conseguia, "Se for, é pra não voltar mais. Se for, não volte. Não volte até eu morrer, porque se voltar antes não vou querer vê-lo nem amá-lo. Não volte até o dia em que eu morrer". Saiu do buraco e o tampou com pedras mais pesadas que ela.

"Onde você o pôs?!", gritava o homem da cara corada e olhos azuis. Apontou para o ventre dela. A Bernadeta não demorou a voltar. À toca da rocha. Arrependida. Arrefecida. Compungida. Tirou as pedras que cobriam o buraco, com as unhas cheias de sangue. Enfiou-se ali de novo, arrastando-se, chorando, pedindo perdão. "Onde você está?!", o homem segurava-lhe o rosto erguido, mas a Bernadeta não o via. Não estava. Não havia ninguém ali dentro. Ali embaixo. Apenas aquele rastro aguado e doloroso, cada vez mais invadido pelo cheiro da pedra molhada e dos buxos de fora. A Bernadeta se encolheu, doente, desolada, dilacerada. Abraçou a si mesma, e os soluços a acometiam aos borbotões, mas não havia como consolar-se. "Quem que te deixou barriguda?!" O homem pegou o queixo dela e a sacudiu. E então a Bernadeta topou com aqueles olhos azuis e disse, fria como uma geada, "O demônio".

Depois riu enlouquecida. Revistaram a casa e voltaram de mãos vazias. Rodearam-na como cães de caça. A Bernadeta segurou o ventre carregado de veneno e começou, tranquila, grave. Cruel. Primeiro encarou o de olhos azuis. Disse, "Vai quebrar... O ferrolho da sua pistola". O homem tinha o cabelo penteado para trás. Seus olhos eram realmente bonitos. "Você vai disparar pelas costas contra uns homens que correrão, e o ferrolho da pistola vai se cravar dentro de um de seus olhos, até o fundo. Você não vai acertá-los, e seu olho vazará como a gema de um ovo", sorria, "você vai gritar. Mas não vai morrer logo. Vai não. Vai morrer aos poucos, de infecção". Virou-se. Apontou para o de bigode e boina. Gritou, "Você!". O homem se assustou. Ela gostou de tê-lo assustado. E era para se assustar mesmo. "Vão cantar de boca aberta e punhos erguidos. Enquanto te matam. Terão prendido vocês como galinhas, com arame, numa praia estrangeira. Só areia e vento e o mar e soldados de pele preta com os quais vocês nem poderão se entender. Você irá à latrina, sozinho, e seus companheiros irão matá-lo. Com a calça arriada. Dois irão segurá-lo e outro irá apunhalá-lo, e eles cantarão". Procurou o seguinte. "Você!", olhava para o mais baixo, o que lhe dera o sermão, e riu, "Vão enforcá-lo". Riu ainda mais da cara que o homem fazia. "Virão buscá-lo em casa, porque você não vai fugir. Tolo, quando vocês perderem, você não vai fugir. Vão levá-lo para declarar e condená-lo. Será enforcado numa praça, e só irão descê-lo de lá quando seu pescoço apodrecer e a cabeça se soltar." Virou-se e procurou o último. Gritou, "Você!", implacável. Era o que havia entrado primeiro, pela janela. O rapaz a olhou, temeroso, e a Bernadeta disse, sem piedade, "Vão disparar na sua cabeça, no meio da escadaria mais alta e comprida que você já viu. Obrigarão vocês a subir e descer carregando pedras, muitos homens, como formigas, transportando pedras pra cima e pra baixo, e quando você não aguentar mais, vai cair como um saco, e um soldado estrangeiro lhe dará um tiro na cabeça, e com um gancho você será arrastado escada abaixo". Segurava a barriga. Depois acrescentou, "Vocês vão perder a guerra! Vão perder a guerra!". E o mais baixo, o que apodreceria na praça, e o da cara corada e olho furado, quiseram bater nela. Foram contidos pelos outros dois. Chamaram-na de "puta", "bruxa", "louca". E a Bernadeta berrava, mas nem ela sabia se agora ria ou chorava. Dentro de seus olhos era tudo preto. Preto como tinha visto que seria o céu quando o sol se apagasse com uma explosão que matasse tudo e trouxesse a noite para sempre.

A Bernadeta pariu como havia previsto parir. Sozinha. Na cozinha. No chão. Escarranchada. Com as pernas abertas. Com cãibras. E os olhos fechados. Transpirando, grunhindo, fazendo força e descendo as mãos, apalpando, abrindo caminho entre o suor, os líquidos e os impulsos, até tocar a cabeça do bebê, que ainda estava dentro. Quando apalpava, ele se mexia. A Bernadeta cerrava os dentes e, como não podia fugir, encarou a dor. De frente. Era um tanque de água preta. Não se distinguia o fundo, e a superfície brilhava, oleosa e salpicada de vermes mortos. Atirou-se nela. De dentro, pegou a criança, sem gritar, porque ninguém teria ouvido. Tirou-a daquela poça pegajosa, arrastando-a como uma lombriga, até colocá-la sobre o ventre. Era uma menina cabeluda, bem formada, coberta de sangue e de gordura. Mas quando a Bernadeta olhou para ela, berrou. Colocou uma mão em sua bunda e guinchou. A criança, que ainda não sabia que ela e a mãe não eram mais a mesma coisa, também chorava, como se a dor fosse sua. Com o mesmo choro desgarrado e terrível que dilacerava a Bernadeta. Porque não era possível, não tinha como, dizia a si mesma, que aquele bebê tépido, que ela chamaria de Dolça, tivesse nascido sem rabo. Não era possível, de jeito nenhum, porque a Bernadeta havia visto que teria rabo. Havia visto isso. Um rabo de cabra, como o pai dela, bonita e divertida e curta e peluda.

Então bombardearam Sant Hilari, e a Bernadeta se surpreendeu ao ouvir bombas tão perto. E quando acabou a guerra, vieram as mulheres. As que haviam perdido. Como insetos. Carregadas de perguntas. A Bernadeta as recebia naquela cozinha bagunçada onde há séculos haviam sido abandonados todos os preceitos de hospitalidade, ordem e limpeza, e não lhes oferecia nada para beber. Espremia os olhos como se fossem limões em troca de uma réstia de cebolas, de um farnel de massa, de algumas batatas, de algum ovo como se fosse um tesouro, de um osso de pernil ou pedaço de toucinho. E lhes dizia onde estava o marido delas. O de cada uma. Enterrado num buraco. Contava o que aqueles que tinham vencido a guerra haviam feito à sua irmã e à sua filha. Onde haviam jogado seus dois irmãos. Seu pai. Um de seus filhos. Sua prima, mãe de três meninas. "Foram buscar sua irmã, mas sua sobrinha suplicava que não a levassem. E como iam levá-la mesmo assim, acompanhou-a, porque não pensava que ela, que era uma criança, também seria morta." "Fuzilaram seu filho e o jogaram numa vala com mais oito homens." E no meio da cozinha do Mas Clavell a mãe gritava "Filho meu, filho meu, aqueles que mataram você terão tempo para se arrepender, mas você não". "Mataram seu marido e o irmão dele." "Foram violentadas e depois, mortas." "Amontoaram todos em uma fossa." "Seu filho eles primeiro torturaram e depois fuzilaram." Os olhos das mulheres transbordavam como jorros terríveis. "Foi fuzilada. Era um grupo de duas mulheres e três homens com as mãos amarradas, mas seguidos por um garoto. Os homens armados que davam ordens afastavam o garoto e faziam gestos para que caísse fora. Mas quando colocaram os detidos enfileirados, o garoto abraçou sua filha e ficou ali, e como não desgrudava, dispararam nos dois agarrados."

Às vezes, no andar de cima, a Dolça gritava como um leitãozinho. Berrava e vociferava, e as costas das mulheres tremiam de cima a baixo. Mas sua mãe nem se mexia. Já estavam avisadas. A Bernadeta as ouvia comentando junto à porta, "Não deixem a Lagartixa encostar a mão em vocês, se não, já sabem. E não olhem nos olhos dela. Pois se a olharem nos olhos, ela verá como irão morrer". Porque ela já tinha acertado outras vezes. Havia dito aos do comitê revolucionário como seriam mortos. Acertara. E a notícia sobre isso havia corrido. E também dissera que perderiam a guerra, e a haviam perdido. E até confessara que antes de eclodir a guerra havia vivido com o demônio! E embora num primeiro momento nenhuma daquelas quatro mulheres tivesse acreditado nisso, agora havia quem acreditasse. E as mulheres murmuravam que aquela criança que berrava no andar de cima era um estropício, feia e peluda, meio cabra, meio menina, porque era filha do bode de Biterna. Outras até garantiam que os do comitê tinham encontrado o Maligno escondido na casa, e o haviam levado para prestar depoimento em Girona, onde confessara todas as maldades que havia cometido como demônio desde tempos imemoriais. E que depois o fuzilaram e cortaram seus pés, que eram de galo, e os levaram a Barcelona, mas que com a confusão da guerra haviam se perdido. E antes de entrar exclamavam, "Não era Satanás!, mulher. Era um demônio pequeno, inferior, um pau mandado, cê acha que o próprio Satanás viria até essa casa?!". E outra acrescentava que, quando atiraram o cadáver sem pés numa vala, a cunhada dela havia visto isso, e disse que parecia um homem como qualquer outro. E continuavam, "Eu não acredito que tenham matado o demônio", "Não acredito que ela vivesse com o demônio", "Franco é pior que qualquer demônio", "Cale a boca, Enriqueta, por favor". Mas não calavam a boca. Murmuravam que o demônio tinha o membro do tamanho de um braço. Áspero como um ralador.

Vermelho e roxo e com três pontas, como três forquilhas, e que por isso a Bernadeta olhava para elas com aquela cara de louca, de altiva e retornada do além, de morta de sede e de condenada. Porque já não tinha mais como desafogar os instintos mais baixos, os mais profundos, os abismos de prazer que se enfiam dentro até o inferno, e que nenhum homem mais é capaz de satisfazer.

No andar de baixo, Marta entrou na cozinha e se enfiou na despensa. Saiu de lá com uma garrafinha embaçada. Destampou-a, e vazou espuma. Colocou a boca depressa e deu um gole. Gemeu de deleite. Depois pegou uma faca da gaveta, e uma madeira, e se sentou em sua ponta da mesa para cortar linguiça. As mulheres estavam de novo com as caras grudadas em frente à janela. Esticavam os pescoços, olhavam para fora, ficavam na ponta dos pés e riam. A Marta cortou a linguiça, bebeu e pegou o espelhinho, e a voz da Alexandra, como se tivesse ficado presa na cozinha, voltou a dizer: mãe, não tô achando meu tênis branco, você sabe onde tá?, a bisa tá dormindo e eu não quis acordar ela, estamos indo para Olot, beijo. Marta engoliu a linguiça que mastigava, aproximou o espelhinho da boca e exclamou, ui, não sei onde está, mas vou procurar, se achar te aviso. Boa noite, cabritinha, fiquem bem. Depois deixou o espelhinho em cima da mesa, virado para baixo, e deu outro gole. O tamborilar da chuva era acolhedor. Marta olhou em direção à janela, como se percebesse que todas as mulheres estavam amontoadas ali. Entediadas de tanto esperar. Xeretas e excitadas. Empurrando umas às outras com as bundas e os cotovelos, sorrindo e perguntando:

— Estão vendo? — Mas não viam nada, porque a noite era escura, opaca, trêmula e chuvosa, feita de esguichos cinza, de manchas lúgubres e de sombras tenebrosas. Então a Dolça pôs a cabeça entre os braços e as cinturas das mulheres. Abandonou aquela movimentação de costas, saiu da cozinha correndo e atravessou a entrada, de boca aberta. Sentiu primeiro o cheiro de cabra, depois os balidos. Os chiqueiros estavam no escuro. A Dolça intuiu a carroça e, ao fundo, os vultos, que eram os animais. Tateando encontrou o que procurava. Abriu o saco de grãos e enfiou uma mão. Pegou um punhado e voltou à cozinha com o punho cheio, trotando. Pegou um pratinho, despejou a ração de cabra e submergiu de novo no meio daquela agitação de ancas e nucas até conseguir abrir a janela. Então estendeu um braço e colocou o pratinho fora, no parapeito, como uma oferenda. Fechou a janela em seguida, e a Joana riu como uma égua. As mulheres esticaram ainda mais os pescoços e as pontas dos pés, vasculhando a escuridão entre as árvores. Procuravam a mancha preta de um touro imenso, a silhueta de um bode tentado por aquelas esquisitices, os olhos brilhantes de uma gata de três cores, ou a forma encolhida de um homem feio sob a tempestade.

A Dolça nunca gostou das mulheres choronas que visitavam a sua mãe, porque faziam o sinal da cruz quando a viam. Mas gostava menos ainda dos filhos delas, porque lhe atiravam pedras. Mostravam fileiras tortas de dentes saltados e amarelos, e perguntavam à Dolça se o pai dela era um bode. Punham os dedos atrás da cabeça, imitando chifres. E lhe diziam que o pai dela era o bode de Biterna, e que montava a bruxa da mãe dela, que eles chamavam de Lagartixa. E riam. Acrescentavam que as bruxas viviam mil anos, e que eram velhas e feias, vesgas, defeituosas e peludas, que tinham coisas faltando ou coisas sobrando. Exclamavam que a Dolça tinha nascido com um rabo de cabra que a mãe dela cortara fora com uns alicates quentes. A Dolça respondia que não era verdade, que ela não tinha rabo quando nasceu, mas não a ouviam. Gritavam coisas como, "Nunca vi tanta panela e tão pouca comida pronta!" e "Quando Barcelona era um prado, Tosca era cidade!". Perseguiam-na dizendo "Cara de cabra, espantalho, cê é mais feia que um pecado, mais feia que bater na mãe!, traste!, macaca!, ratazana!", e a Dolça fugia, pernas pra que te quero, porque não queria que viessem comprovar se tinha rabo ou não.

Por isso a Dolça gostava tanto de seus amores. Porque em vez de ser um bando de meninos atirando-lhe pedras e gritando-lhe despropósitos, eram rapazes e homens que só lhe dirigiam galanteios. A Dolça logo entendeu que, quando estavam todos juntos, meninos e rapazes diziam coisas cruéis, mas, se você pegasse um a um, diziam coisas bonitas. E chegaram a dizer à Dolça muitas coisas bonitas. Muito mais que as impertinências que os meninos de Sant Hilari juntos e somados lhe diziam. E isso significava um montão de elogios, floreios, safadezas e bajulações murmuradas ao pé do ouvido, porque aqueles meninos descarados lhe haviam gritado muitas coisas feias. Mas é que a Dolça teve uma fila de amores tão longa que não dava para ver o final. Se passasse a lista não terminava nunca. O Manta e o Flabiol, o Dói Aqui e o Menino Jesus, o Mau Caçador e o Pouco a Pouco, o Filé, o Sardinha, o Sim-sim, o Pulga, o Boa-tarde, o Chorão, o Biju, o Feio, o Pântano..., e havia tantos que, ao repassar lista, na metade a Dolça já se dispersava... porque pensava que se a fizessem escolher apenas um, dentre todos os seus namorados, não conseguiria. Ah, não. De jeito nenhum. Impossível. Nada disso. Mas se a deixassem escolher dois..., se a deixassem escolher dois, então teria escolhido o Feio e o Pântano.

O Feio, no começo, foi só uma voz entre as árvores que dizia, "Não tenha medo, moça". E foi uma boa ideia que a tivesse alertado, porque o homem tinha o rosto queimado, parecia uma lua. A bochecha menos desfeita era bronzeada e endurecida, e ele não a barbeava. Era um homem forte e corpulento, vestia calça cinza com polainas de couro e botas, e lhe pediu cochichando um pedaço de pão e um pedaço de toucinho e alguma coisa para curar o joelho, que inchara de tanto que ele havia andado. Também perguntou com voz de animal selvagem, baixinha e rouca, de tão pouco que a usava, se ela teria o jornal do dia. A Dolça não tinha, mas lhe trouxe um unguento e um pedaço de pão. O homem se escondia no bosque. E a Dolça ficou olhando ele arregaçar a calça e untar com muito cuidado a panturrilha saltada, os pelos crespos, a coxa forte e o joelho protuberante. As mãos dele também estavam queimadas. A Dolça perguntou como ele se queimara. Parecia que o homem não ia responder. Mas então o Feio contou que a casa dele havia pegado fogo quando ele tinha oito anos e a irmã, cinco. Queimou o rosto e as mãos, e a irmã se queimou inteira. E morreu. E anos mais tarde, naquela mesma casa, que a Dolça pensou ser uma casa azarada, um raio se enfiara pela chaminé, atingira sua mãe, e ela também havia morrido. Mas a morte não o fez deixar de lutar nem de ter ideias. Nem a morte da irmã, nem a da mãe, nem a de todos os amigos e companheiros. "Se bem que o pior de tudo", murmurou ele, "não é morrer. Morrer, já se sabe, acontece com todo mundo um dia. O pior é a solidão". E depois que começou, como se fizesse anos que não falava, pegou gosto por falar, e a Dolça se animou com as histórias de sabotagens e assaltos e de homens agrestes e tímidos escondidos em bosques feito javalis. Contou a ela da vez em que mais se apavorara com a morte. Quando uns soldados alemães mataram um povoado inteiro. A Dolça não sabia onde ficava a Alemanha e o Feio lhe indicou, "Fica pra lá". O Feio e seus homens haviam sabotado um trem. Fizeram-no descarrilar. A Dolça nunca havia visto um trem e ele precisou descrever. Ela o imaginou como uma casa com rodinhas pequenas. Como represália, os alemães queimaram um povoado inteiro. E então o Feio, que era capitão, "Um capitão que descascava batatas", e cinquenta guerrilheiros assediaram e aniquilaram uma companhia inteira daqueles soldados alemães. Mas às vezes o Feio ainda pensava nisso e fazia o sinal da cruz, duzentas crianças e duzentas mulheres, queimados como se nada. E lhe contou que estivera na guerra aqui e depois fora para a França, para lutar ali. A Dolça tampouco sabia onde ficava a França e o homem lhe indicou, "Fica pra lá". E dizia achar terrível que a Dolça soubesse tão pouco a respeito daquelas guerras, e dos países que haviam feito aquelas guerras, que tinham sido as guerras mais importantes do século, porque todo mundo acabava esquecendo disso, daquelas guerras, e se ninguém se importasse mais e ninguém pensasse mais, voltariam a queimar duzentas crianças e duzentas mulheres como se nada. A Dolça observava a boca dele, que só havia queimado de um lado. E o homem afirmava que, ingenuidade dele, já havia pensado, cheio de esperança, de verdade, que quando aquela guerra fosse vencida, que não era francesa, era mundial, os aliados também derrotariam Franco, e o fascismo terminaria. A Dolça ficava olhando o queixo dele, com partes que tinham pelo e outras que não. E o Feio advertia que, ainda que todo mundo ali achasse que não havia mais guerra, na verdade havia. E então a Dolça pegou as mãos e os braços queimados dele e os colocou em volta do corpo, como um casaco que tinha cheiro de fogueira. O homem com o rosto desfeito disse, "Espere, moça, espere", mas a Dolça acariciou suas formas, que eram como líquens, e os musgos que lhe desciam pelo pescoço e pelo peito, e recolocou as mãos dele onde estavam. Quando terminaram de se amar, Feio lhe recitou poemas de amor. Diziam, "*Quiero tener mi tumba lejos de los campos santos, donde blusas blancas no haya, ni panteones dorados. Quiero que mi tumba sea cubierta de espinos altos, que brote a sus alrededores hierba para los ganados, y que descanse a mi sombra el perro negro cansado. No quiero que a mi entierro vengan curas laicos ni romanos, y las flores han de ser un manojo de punzantes cardos*". A Dolça não entendia aquela língua, mas gostava da cadência. Depois, o Feio disse que teria dado a vida por um cigarro. Mas suspirou, porque uma ponta de cigarro acesa podia ser vista de muito longe, e por isso precisara parar de fumar.

A Dolça chamava o Pântano de Pântano porque ele trabalhava construindo uma represa no meio daquelas montanhas. Tinha cheiro de água com algas, usava um bigode grosso e era alto e moreno, de braços e coxas fortes, de tanto transportar pedras e mover carrinhos. E falava e falava, como se falar fosse sua maneira de existir. Tinha um jeito de falar alegre e dizia *"Mi palabra favorita en esta lengua extraña que solo habláis aquí, entre estas montañas, porqué aquí vive la gente como si estuviera escondida, como alimañas, es dolsa. Dolsa, dolsa, dolsa!"*. Falava em castelhano, como os poemas do Feio, porque era de um povoado chamado Torredonjimeno. A Dolça mal o entendia, e ele mal a entendia. Mas entre as coisas que o Pântano dizia, a Dolça distinguia a palavra "Barcelona" e a palavra "Pântano" e a palavra "Mateo", porque o Pântano tinha ido a Barcelona procurar trabalho com um amigo de seu povoado que se chamava Mateo, e alguém lhes dissera, *"¿Queréis trabajar en un pantano que están empezando a construir?"*. Mas de tanto ouvi-lo falar, a Dolça o compreendia cada vez melhor. O Pântano explicou que ele e o Mateo haviam tomado um trem em Vic, e que no Hotel Colón conheceram um motorista do caminhão que ia à represa. Estavam com tempo de sobra e tinham ido a uma praça, que era a praça dels Màrtirs, e comido *garbanzos*, isto é, grão de bico. *"Garbanzos como los hacen aquí. Cocidos con agua y escurridos y les echan un poco de aceite y ya!"* E disse que, quando saíram para a rua, ele perguntou a um rapaz as horas e o rapaz disse, *"Dos quarts i mig de dues"*[11], e o Pântano ria, *"¡Me quedé sin saber la hora que era!"*. Mas quando subiram na carroceria do caminhão e viram as montanhas se aproximando, tão escuras e

---

11 Dois quartos de hora e meio de duas. (N.T.)

escarpadas, os dois amigos pensaram, *"Vaya un sitio al que nos van a llevar"*. Às vezes o Pântano ficava bravo e exclamava, *"El jornal en el Pantano es de diez pesetas y media, y las horas extras se pagan a peseta y media. Un kilo de pan negro vale dieciocho pesetas, el blanco, veinte. Te dan un pan, pero te lo desquitan de la semanada, ¡y así se hacen los pantanos!"*. A Dolça gostava das histórias sobre como se constrói um pântano. E sobre dar a mão, e dar a mão queria dizer terminar o expediente. E sobre como, ao voltarem ao alojamento, o Pântano e o Mateo recolhiam lenha, e um a cortava miúdo, para fazer fogo e preparar a comida, e o outro ia à cantina buscar *arroz y patatas y una cola de bacalao*. A mãe do Pântano era boa cozinheira e lhe ensinara a cortar batatas *así*, se era para fervê-las, ou *asá*, se era para fritá-las, e tivera sorte, com o que havia aprendido, porque agora podia se virar sozinho, e o Pântano e o Mateo jantavam como ninguém mais no alojamento, e no dia seguinte ainda levavam para a obra o que havia restado, para almoçar. Dava beijinhos na Dolça, sem parar de falar, e sem sequer fazer pausas para tomar ar dizia, *"¡Cuando llegamos al pantano hasta las herramientas eran escasas!"*, mas por sorte era verão e fazia tempo bom, e com um cobertor que lhes deram, sem lençóis, dava para ir levando. *"Pero luego vino el otoño y no había quien pudiera conciliar el sueño, que no había pasado yo nunca tanto frío ni había yo nunca abrazado a otro hombre. Pero a mí no me importa si algunos ríen y me llaman maricón, ¡que yo no me quiero congelar!"* E contava que, no primeiro Natal, a mãe lhe enviara um pacote com um par de chouriços, *"que eso fue la mayor alegría que había tenido yo hasta entonces en estas tierras. Y nos los comimos con un litro de vino, y uno, que era de Córdoba, a quien también le dimos chorizo, dijo, 'Vamos a la Misa del Gallo', y fuimos. Y como en Andalucía en la Nochebuena se va con las botellas y botas de vino a la iglesia, y se bebe y se canta hasta que empieza la misa, nosotros bebimos y cantamos hasta que salió el cura, y nos dijo que eso no era un bar para estar cantando y bebiendo. Y le contestamos que en Andalucía lo hacíamos así, y respondió 'En Andalucía tenéis otro Dios!', y salimos pitando de esa iglesia que pronto será cobijo para los peces".*

Às vezes lhe falava dos mortos, *"Desde que yo llegué, han muerto once. Y antes que yo llegara murieron al menos cuatro más"*. Um deles era um conhecido bem próximo. Chamava-se Hipólito e também era andaluz. Um vagão caiu em cima dele e o esmagou. O Pântano, que estava na oficina quando soube *"que al Hipólito le había cogido una vagoneta"*, pegou uma maca e saiu correndo, mas quando estava chegando lhe contaram, "Não precisa correr, chegou tarde", e deu meia-volta porque não queria vê-lo esmagado. Outras vezes lhe falava da mãe e da irmã, que o haviam acompanhado até lá. Até lá em cima, não. Até Vic. Onde sua irmã trabalhava numa fábrica de brinquedos, e a mãe fazia serviços na casa de um senhor chamado Siset, que havia sido o melhor toureiro de Vic. Que sempre tirava o paletó e dizia "Era assim que eu fazia com os touros, assim!". O irmão mais novo do Pântano estava em Figueres, e quando terminasse o serviço militar também iria para Vic, e assim, dizia o Pântano, quando todos eles estivessem bem colocados, iria buscar trabalho na cidade como mecânico, e lá em cima daquelas montanhas nunca mais voltariam a vê-lo, *"Que yo ya no sé si la gente se marcha de aquí porque van a llenarlo todo de agua, o si lo van a cubrir todo de agua porque igualmente la gente se marcha"*.

Com uma expressão distraída, a Marta levantou uma anca e soltou um peido. Sonoro. E as mulheres, que ainda estavam grudadas em frente à janela, viraram-se e explodiram em gritos e risadas. Para celebrá-lo. Batendo palmas, morrendo de rir, levantavam os braços e seus peitos balançavam. Imitavam peidos com a boca e davam palmadas nas coxas e na bancada. Marta, imperturbável, levantou-se, abandonou a garrafinha vazia e saiu da cozinha.

Depois de encostar a porta, apagou a luz e as mulheres ficaram no escuro, ainda se mijando de rir em frente à janela.

Sob as pálpebras fechadas da Bernadeta flutuava uma neblina cinza, acolhedora, gostosa e aconchegante. No meio das brumas, a mulher ouvia a chuva tamborilando no telhado. As cabras que baliam. Os passos ao longe da Marta, subindo a escada, atravessando a sala, que à medida que ela avançava se fazia mais comprida e distante, e entrando no banheiro. Então, o som da água quente, vigorosa e moderada dentro de casa, misturou-se ao ruído da água da chuva, desenfreada, inapreensível e fria.

A Dolça pariu de manhã e morreu à tarde. Mas a Bernadeta não chorou, para não assustá-la. Chamava-a de "cabritinha", e a Dolça se ajoelhava. Dava voltas pelo aposento, de quatro, empapada de suor, com o cabelo grudado na cara. A Bernadeta o afastava, dizia "shhh, shhh", e a acariciava. Às vezes a Dolça queria as carícias, outras vezes não. Estavam agachadas, e a Bernadeta dizia, "Empurra, faz força", e "Você consegue, cabritinha", e "Estou aqui". E então a cabeça saiu, e a Bernadeta exclamou, "Olha só, olha só". O bebê era redondo e cheio, e vinha de olhos fechados e boca aberta. Parecia um furão, e lhe puseram a Marta. A Dolça era uma fonte que não cessava. Um jorro de sangue vermelho. Mas a Bernadeta não foi procurar uma parteira nem um médico, porque viu que a Dolça estava morrendo e queria fazer-lhe companhia. Mordia os lábios, para que não se separassem e dissessem que, de tanto observar as safadezas dos outros, não havia olhado o suficiente para a sua menina. Que ela havia sido pega de surpresa, que a menina crescera rápido demais. Como os gatos e as amoreiras. E amarrou a dor com uma corda muito curta, e não pedia à Dolça que a perdoasse, porque a Dolça a teria perdoado. Nem acrescentava que nesta vida há dois milagres, um que é nascer, e outro que é morrer, porque a Dolça tinha sono. Seus olhos se fechavam e a cabeça caía para trás. Nem murmurava que teria gostado de lhe repetir mais vezes que era a cabritinha mais linda de todas as cabritinhas, porque a Dolça entreabria as pálpebras e olhava para o bebê que acabara de parir, tranquila. Meio adormecida. Contente. Por isso a Bernadeta se calava. Porque há coisas que não podem ser ditas. Porque é possível falar de desgraças, e é possível falar da pena, e falar do arrependimento e da culpa, e da morte, e da dor e das coisas que os homens fazem. As boas e as ruins. Mas não é possível dizer como se faz uma menina. Não há palavras para explicar como você a fez, porque você a fez como a terra faz as árvores e as árvores fazem os galhos e os galhos fazem os frutos e os frutos fazem as sementes. No escuro. De um lugar tão para dentro que você não sabia que sabia dele.

Caiu um raio. A Bernadeta intuiu o estouro, transparente, em vermelho e rosa, e entreabriu os olhos. Mas, depois do fulgor, tudo ficou preto. A velha assentiu, paciente, como quem cumprimenta um velho amigo, e a noite se abriu, decifrável e lenta. Da escuridão surgiram os pés da cama, as paredes, a porta. O trovão ressoou. O som da água quente dentro da casa parou. No banheiro, a Marta fazia barulhos, devia estar enxugando-se e vestindo-se, porque em seguida saiu, e seus passos cruzaram a sala em direção à escada.

O Pântano levou um berço ao Mas Clavell e disse à Bernadeta, "Senhora, não sou o pai". Depois vieram mais homens, como pastores brincando de presépio. O Pulga trouxe uma boneca e disse que a Marta era bonita. O Boa-tarde trouxe um chocalho e disse apenas "Boa tarde". O Chorão trouxe uma pomada, mas não disse nada porque choramingava. O Mau Caçador trouxe um coelho; o Filé, um carrinho; o Sardinha, um gorro; o Menino Jesus, meinhas, e o Feio não foi, porque havia sido morto pela Guarda Civil a tiros numa emboscada. O Dói Aqui tampouco fez ato de presença, porque naquele inverno adoecera e ficara acamado numa casa chamada Torre de Rupit, mas não soubera curar-se e morrera na Semana Santa. O Manta tampouco apareceu, porque sua mãe o levara aos balneários da Suíça. O Pouco a Pouco foi o último, e trouxe uma cabra que tinha leite porque o cabritinho dela havia morrido de diarreia. Disse, "O leite de cabra é o mais parecido com o leite de mulher". E a Bernadeta se alegrou por todos aqueles homens terem indo embora e porque aquele animal triste que procurava seu cabrito havia ficado para lhe fazer companhia. A cabra tinha a cara comprida, olhos espertos, focinho macio e quente, orelhas finas e seus chifres cresciam na nuca. Entrava e saía quando queria, como se a casa fosse dela, e quando mastigava, com pose de indiferença, a boca abria para um lado e os dois penduricalhos do pescoço ficavam ricochetando. A Bernadeta sentiu despertarem nela as velhas nuvens de despeito, que tentavam arregaçar seus dedos e gengivas para que lhe crescessem dentes e garras de raiva, mas não encontrou forças para ficar brava, e com o pouco que acumulara à custa de anos, arrastando-se pela lama da miséria alheia, comprou mais cabras. Um rebanho minguado de animais saudáveis que se enfiavam por toda a parte. Havia em cada canto da casa um animal que fazia "Bééé, bééé". E se alguém ainda subia até o casarão com perguntas, a Bernadeta dizia que já não se importava mais e vendia um cabrito ou um pedaço de queijo. Gostava de fazer queijo, porque era como fazer mágica. O leite, silencioso, quando você não olhava, transformava-se numa massa espessa, compacta e sedosa, que a Bernadeta cortava. Depois enfiava os braços dentro daquele sangue turvo, como um caldo tépido e branco em vez de vermelho. Um tanque de esquecimento coagulado, onde você perdia as mãos até preencher os moldes. Então tudo pingava. Os cotovelos, os coadores, os moldes de esparto, a mesa. A casa ficava com cheiro de leite, de mofo, de umidade. E os queijos repousavam. No escuro. Cada um como um mundo que ainda não tivesse despertado. Pronto para fazer fungos que seriam seu musgo, e seu mato, e os brotos esquálidos de folhas verdes de suas árvores e suas flores, e seus insetos que voavam, e seus animais, e seus peixes que andavam, as rãs feias, os sapos mal-encarados, os tatuzinhos, grandes como cabras, as centopeias como serpentes, os lagartos como cavalos, as galinhas monstruosas, os camundongos, as doninhas, os esquilos, os arganazes, os ratos, as toupeiras, e os musaranhos.

O marco da porta do quarto da Bernadeta se iluminou. E foi atravessado pela silhueta recortada da Marta, envolta em luz azul. A velha, dormitando, vislumbrou-a e pensou que parecia uma fada que tivesse agarrado uma estrela com a mão. Chamou-a:

— Marta.

A Marta ofuscou a Bernadeta e murmurou:

— Acabou a luz. Vou ver se foi só aqui. — Tinha o cabelo molhado e trazia uma toalha sobre os ombros.

Mas a Bernadeta estendeu o braço em direção ao brilho e fez gestos insistentes para que a Marta entrasse. Para que chegasse perto. Queria tocá-la.

A Marta pegava os cabritos pelas orelhas e os levantava. Eles baliam e saltavam. Davam-lhe cabeçadas na barriga. Ela os segurava pelos rabos, que se moviam contentes. Perseguia-os. Deitava-se no chão e eles trepavam em suas costas. Movia as cabras adultas para lá e para cá. Dava-lhes ordens. Pendurava-as no pescoço. Fazia-as andar em pé. E ria. Com uma risada líquida e escura, de asno, de égua, que a Bernadeta ouvira milhões de vezes, porque a Marta ria igual à Joana. Mas a Marta não sabia quem era a Joana. A Bernadeta não falava dela. Nem da Joana nem de nenhuma outra parenta. Nem do que faltara a cada uma, nem das coisas que via. Porque tanto fazia, a Marta teria esquecido. Não tinha memória, aquela menina. Nascera desmemoriada. Leve e despreocupada.

Esquecida. Cabeça oca. E demorara muito para falar. As freiras de Sant Hilari, quando ela começou a ir à escola, porque uma freira gorda e suada subira até o Mas Clavell para dizer que a Marta precisava ir à escola, achavam que era atrasada. Porque só ria e, quando não lembrava as palavras, dizia "aquilo" ou "isso" ou "sei lá o quê", e se expressava com tão pouca precisão que custava muito entendê-la, dizia "jarro", mas queria dizer "tigela", dizia "cabra", mas queria dizer "cachorro", dizia "carne", mas queria dizer "queijo".

Caiu outro raio. Espalhou-se como uma teia de aranha e iluminou as montanhas e as árvores. Revelou as gotas de chuva, o caminho, a horta, o alpendre e o telhado. A luz do relâmpago percorreu as paredes de dentro da casa, os móveis, a cama, a velha. Então a Marta entrou no quarto da Bernadeta e se aproximou da janela. Olhou para fora, mas a escuridão voltou a engolir todas as coisas. O trovão roncou surdo, grave e brutal, e enquanto seu rugido se espalhava, todos os outros sons foram sufocados.

Às vezes as cabras fugiam, e os vizinhos vinham devolvê-las. A Bernadeta não gostava daqueles camponeses e do que via ao olhar para eles. As coisas que haviam feito, e as que não haviam feito ainda, e como morreriam. E se escondia. Mas a Marta se divertia com aqueles homens carrancudos que lhe diziam "A cabra é a vaca dos pobres". Ou "As cabras trazem a febre de Malta". Ou "As cabras, quando você as ordenha, murmuram frases obscenas", ou "A cabra, pelos seus pecados, tem os joelhos ralados. Por pensamentos inconsequentes, tem a barba debaixo dos dentes. E por sua culpa, tem o rabo curto". Ou "Quando a cabra espirra, é que vai mudar o tempo". Às vezes a deixavam subir em seus tratores e reboques. E um dia de repente a Marta disse, "Todo mundo tem moto" e "Quero uma moto para participar de corridas". Se você apurasse o ouvido, ouvia o zum-zum, os grunhidos e roncos, a montanha como um formigueiro. E a Marta começara a trabalhar na fábrica de tripas. Mas, então, depois de ter juntado dinheiro suficiente, anunciou, "Não vou comprar moto, vou comprar um carro, porque agora gosto mais de rally". Já havia conhecido o piloto. Que era o pai da Alexandra. A Marta chegou ao Mas Clavell com um olho roxo, arranhões e exclamou "Fui atropelada!". Ria, "Estávamos assistindo à corrida numa curva ampla, mas havia cascalho na pista, e um dos carros derrapou, saiu e veio pra cima de mim e de um cara de Viladrau. Caímos numa valeta e fomos obrigados a ir a um pronto-socorro, e por culpa disso perdemos a competição toda. Mas depois o piloto que nos atropelou me deu seu troféu de presente", sorria eufórica, "e me convidou para ser sua copiloto amanhã". E aquela história se estendeu por muitos anos. Ora sim, ora não, e ora sim de novo. A Bernadeta, quando podia, ficava apenas olhando suas cabras, mas às vezes entrevia o piloto, seu jeito de fazer que não com a cabeça. Via-o rodeado de crianças e de outra mulher. E o via indo embora. A Marta não chorava. Logo esquecia. Mas então realizavam outra corrida, e ela também esquecia que já havia esquecido. E voltava tudo de novo. Uma vez mais. Até que antes mesmo que a própria Marta soubesse, a Bernadeta viu que estava grávida.

Os olhos da Marta brilhavam arregalados diante da janela. Olhava a noite negra. Focalizava a luz azul contra o vidro, mas lá fora era tudo escuro, e aquela claridade aguada não chegava a tocar em nada. Virou-se para a Bernadeta e disse:

— Achei que tinha visto um touro no alpendre! — E então riu. Escandalosa. E a Bernadeta riu com ela.

A Marta ainda trabalhava na fábrica de tripas, mas não participava mais de corridas, agora fazia parte do grupo de teatro da cidade, que era o mesmo que organizava as festas de Natal e que, segundo ela, montava "a cavalgada de Reis mais espetacular da comarca". Com umas carroças imponentes que repintavam a cada ano e depois distribuíam entre eles, para guardá-las. Marta ficava com a carroça do rei branco, que era azul e dourada, e a guardava no curral das cabras. Quando encenavam peças de teatro, a Marta sempre pedia papéis pequenos, cômicos e com poucos diálogos, pois se não fosse assim não conseguia decorá-los. E a Alexandra invariavelmente exclamava, "Não, por favor, mãe, que vergonha, de novo!", porque a Alexandra era uma criança séria, que não parecia filha da mãe dela, e não gostava nada das coisas que davam vergonha. Mesmo que fosse vergonha alheia. Era assim, desde pequena, minuciosa e severa. E quando a Bernadeta se confundia, e a chamava pelo nome errado, dizendo "Dolça", ou chamando-a de "Marta", a Alexandra a olhava inflexível e desferia, "Meu nome é Alexandra". Com um rigor tão intenso que parecia não caber dentro de uma criança tão pequena. Depois perguntava, "Bisa, quantos anos você tem?". A Bernadeta respondia, "Muitos". Mas a Alexandra queria precisão, "Mas quantos?". A Bernadeta respondia, "Não sei", e a menina exclamava "Mas, como assim, não sabe!?", a velha murmurava, "Perdi as contas, me distraí", e a Alexandra fazia que não com a cabeça e perguntava, "Por que todo mundo se distrai nessa casa?!", e insistia, "Tem mais de cem ou menos?", "Acho que mais", e a criança aliviava, "Você não devia ter perdido a conta". Mas a Bernadeta dava de ombros, porque na verdade eram os anos que andavam distraídos, cada vez passando mais rápido, cada vez mais ligeiros e desembestados. E naquela casa, naquela montanha, pensando bem, em toda a parte, o tempo sempre havia feito o que lhe dava na telha. A Marta era uma mulher que já tinha uma filha, e a Alexandra, que ainda deveria andar de fraldas, já era uma mulher feita, e sem paciência, que continuava achando que a maioria das coisas eram ridículas e pouco precisas. E a toda hora dizia, "Como são burros!", com uma voz grave e corrosiva, que fazia você duvidar se ser burro era desejável ou não. Era parecida com a Elisabet, embora não soubesse disso. Mas vaidosa como a Dolça. Retratava-se constantemente, franzindo os lábios e virando a cabeça de lado. E se queixava sempre de que o Mas Clavell era uma casa velha e que era preciso reformá-la, com um tom de voz digno da Margarida. A Alexandra estudava alguma coisa que a Bernadeta entendia apenas parcialmente o que era e, além de não cursar faculdade, como sua mãe, sequer dirigia carro, porque aquela cabrita rigorosa e impaciente invariavelmente conseguia tudo que queria, e sempre a levavam aonde quer que fosse. Agora saía com um rapaz que era de Olot e que a levava para cima e para baixo o dia inteiro. As duas primeiras coisas que a Alexandra havia contado sobre aquele rapaz eram "Ele tem um Audi" e "A casa dele foi reformada". E um dia em que a Bernadeta ainda se encontrava muito bem e as três estavam sentadas no alpendre, explicou como tinham se conhecido, que foi quando ela trabalhava na brigada dos jovens da prefeitura. O trabalho era "chatíssimo", eles eram obrigados a usar umas camisetas laranja "horrorosas", mas a Alexandra havia recortado a sua para que não ficasse tão feia, sem perguntar se podia recortar ou não, porque se perguntasse não iriam deixar, e então, quando lhe disseram que não podia encurtá-la, já era tarde e ela exibia a barriga toda. E contou a elas, "A primeira vez que conversamos, eu e o Eloi, ele estava de férias com os pais e disse que gostou da camiseta que eu estava usando. Aquela, cor de laranja, cortada. E eu respondi, que burro!, eu pareço um botijão de gás com ela". A Marta e a Bernadeta riam, e a Marta perguntou, "Mas você chamou o rapaz de burro?", e a Alexandra respondeu "Claro".

 A Marta se aproximou da cama, e a Bernadeta pegou a mão dela como se a tivesse caçado. Trouxe-a ao peito e disse, com a voz afônica e repousada de quem não havia feito uso dela o dia inteiro:

— Temos estado bem, nós duas, Marta. Temos feito boa companhia uma à outra.

E a Marta voltou a rir. Mais ainda. A risada brotou cálida. Vaporosa. Envolvente. Contagiou a velha. De olhos abertos, penteava a noite cavernosa. Olhava as nuvens carregadas, a luz amarela das casas, a escuridão sob as árvores. Até que encontrou a Alexandra. Escondida num trecho do bosque perto de Olot onde não chovia. Quando começassem a cair gotas seus amigos abririam a boca e dariam voltas debaixo d'água. Eram meia dúzia de moças e rapazes, no escuro. A Bernadeta mal via suas caras, distinguia apenas manchas, protuberâncias, braços, a brasa dos cigarros, algum dente que brilhava, o bafo quando falavam, a cintilância das garrafas e dos brincos. Bebiam e dançavam, pulavam e gritavam, e riam, e se empurravam, e se beijavam, e subiam no colo uns dos outros, e caíam e se levantavam de novo. Era uma montoeira de corpos contentes, movendo-se ao mesmo tempo como sombras embriagadas.

A Marta, risonha, murmurou:

— Vamos, vamos dormir, vamos. — E a velha obedeceu. Ainda sorria. Fechou os olhos como uma menina, a Marta a acariciou, e uma sonolência densa a envolveu. Os últimos fios que a ligavam à consciência se esgarçaram, cada vez mais tênues, e se partiram. E a Bernadeta adormeceu.

A entrada e a cozinha estavam no escuro. As mulheres se sentaram em volta da mesa. Faziam saltar joelhos e pés e coçavam com as unhas tudo o que encontravam. A Blanca bocejou. A Elisabet suspirou. A Àngela bufou. E a Dolça não se conteve mais e perguntou:

— Quanto falta?

A Joana respondeu:

— Não muito.

Através dos vidros da porta viram a luz azul do espelhinho descendo a escada. A Marta foi até o armarinho embutido da entrada e o iluminou. Remexeu uns pinos, e cada vez que encostava neles faziam clique, mas a escuridão ganhava e a luz não voltava.

A Joana disse:

— Era uma vez uns lavradores, marido e mulher, que viviam numa chácara rodeada de campos que eles mesmos cultivavam. Mas tinham uma extensão muito grande de terras e não conseguiam dar conta.

As mulheres se reacomodaram, tranquilas. A Blanca e a Àngela se recostaram nas cadeiras. A Dolça e a Elisabet puseram os cotovelos sobre a mesa e apoiaram o queixo nas mãos.

— Uma manhã o lavrador saiu para ver os campos e notou que o trigo já estava amarelando e que logo teria que ceifá-lo. Então desceu até o povoado para contratar ceifeiros, mas ficou sabendo que todas as turmas de ceifeiros já haviam sido contratadas e que ele chegara atrasado. Assim, o homem, preocupado e pesaroso, voltou para casa, pensativo, "Como vou fazer, sem ceifeiros?! Se o trigo já está maduro! E com um cultivo tão grande como esse que eu tenho! Valha-me deus!". Estava tão intranquilo que resmungava em voz alta, "Vá lá saber onde raios vou poder arrumar ceifeiros! Eu até me daria ao demônio se ele me ceifasse o trigo". O demônio não precisou ouvir isso duas vezes. Pegou outros dois demônios, vestiu-os de ceifeiros, e os três se apresentaram ao lavrador, dizendo, "Estão precisando de ceifeiros?". O homem bem que viu quem eram, tinham até rabo pendurado! Mas como não sabia como se safar daquela enrascada, concluiu que estava disposto a tudo e respondeu, "Preciso, sim!". E lhe propuseram um trato, a alma dele em troca de fazerem todo o trabalho que o lavrador mandasse.

A luz do espelhinho da Marta fazia sombras fugidias que se estendiam para todos os lados. A claridade fria ia para cima e para baixo na entrada, enfiava-se pela cozinha através dos vidros e deslizava iluminando a pia, a janela, a mesa. A voz profunda e áspera da Joana continuou:

— No dia seguinte, os três demônios disseram ao patrão, "Estamos indo ceifar!". Mas quando chegaram ao campo, sentaram-se debaixo de uma figueira e começaram a afiar os utensílios. No meio da manhã, o lavrador foi lá ver e os encontrou ainda amolando, e depois costurando as alpargatas, e então foi para casa pensando no trigo que perderia. Mas ao voltar ao meio-dia, seus olhos quase saltaram das órbitas de surpresa, porque o trigo estava todo ceifado e enfeixado. "Veja, patrão, já terminamos!", disse o demônio grande, "agora é a sua vez". O pobre homem, desorientado, tudo o que conseguiu foi dizer, "Primeiro deixem eu me despedir da mulher", e lhe deram um dia para que se despedisse.

A Marta encolheu os ombros e fechou o armarinho. Bocejou e subiu a escada com a luz lívida do espelhinho, enxugando o cabelo com a toalha. Ouviram-na entrar em seu quarto. A chuva tamborilava. E as mulheres ficaram no escuro de novo.

— O lavrador, cabisbaixo e triste, voltou para casa e, quando sua esposa o viu chegar daquele jeito, perguntou: "Mas, qual é o seu problema?". "Um bem grande!", ele respondeu, e todo choroso contou qual era, enquanto exclamava, "Fui enganado, fui enganado!". Mas ela, que era mais esperta que um raio e que um furão e que a fome e o demônio e todos eles juntos, respondeu, muito tranquila: "Calma, calma, não é pra tanto. Quando vierem buscá-lo, diga que ainda não terminaram o trabalho. E que têm que vir falar comigo".

O vento rugia. Rajadas de água golpeavam a casa. As gotas batiam cada vez com maior ímpeto. Os raios arranhavam primeiro o céu, depois as árvores.

— No dia seguinte, na primeira hora, os três demônios se apresentaram na casa de fazenda e perguntaram ao lavrador, "Estão prontos?". Mas o homem respondeu, "Ainda não. Primeiro minha mulher diz que quer vê-los". A patroa apareceu no alpendre e perguntou, "Esses são os diaristas? Bem, agora veremos se trabalham tão bem quanto você diz". E chamou cada um de lado. O primeiro ela mandou ir até o poço e tirar toda a água. E lhe emprestou um cesto para que levasse a água até a casa. Ao segundo deu uma pele de cabrito e o mandou ir até o rio para lavá-la até que ficasse bem branca. Quanto ao terceiro, colocou em seus braços o herdeiro, que ainda era uma criança de fraldas, e mandou que lhe ensinasse a Doutrina. No final da tarde, a patroa foi vê-los. Chegando ao poço, perguntou ao primeiro demônio, "Então? Como vai indo o trabalho?". Mas o diabo respondeu bravo, "Não sei fazer isso! Assim que tiro a água do poço, ela volta a cair dentro! Chega!", e correu enfurecido de volta ao inferno.

Todas ao redor da mesa se juntaram ao rebuliço do temporal. As mulheres gritavam, riam e faziam bagunça com os pés e as mãos.

— A lavradora foi até o rio ver o segundo, "E aí? Como vai o trabalho?", perguntou, mas o demônio respondeu, "Muito mal! Quanto mais esfrego, mais preta fica a pele!". E fugiu enraivecido.

A Dolça, a Blanca, a Elisabet e até a Àngela comemoravam como bichos. Latiam e miavam, baliam, cacarejavam, grasnavam, rangiam, piavam, grunhiam, mugiam, coaxavam, relinchavam, uivavam.

— A mulher foi procurar o terceiro demônio e o encontrou xingando entredentes. Quando perguntou, "E então? Como vai o trabalho?", ele respondeu, botando fogo pelas ventas, "Pra esse trabalho vocês vão ter que procurar outro ajudante, patroa. Vocês não veem que eu me esgoelo como um doido e que a criança ainda não fala!? E pra piorar, as palavras da Doutrina me fazem enrolar a língua!", e esse também voltou encolerizado para o inferno.

Dentro da cozinha, elas se esgoelavam:

— Au-au, mééé, miau, bééé, meque-meque, roque-roque, rique-rique, chiu-iu, cloque-cloque, iiiiiiiiii, có-có-ri-có, ihá, ihá, uuuuuu, muuuuuuu, auuuuuuuu.

A Joana prosseguiu:

— A patroa foi encontrar o marido, que a esperava ansioso, e quando soube da façanha dela, não cabia em si de tão contente, e os dois dançavam e pulavam e riam.

E as mulheres também dançavam e pulavam e riam. Até que no meio da escuridão mais negra e dos gritos mais alegres, a voz funda e áspera da Joana disse:

— Vamos arrumar a mesa, que já estamos quase no final.

As mulheres se levantaram de uma vez e fizeram silêncio.

A Joana acrescentou:

— Vamos acender velas. — E acenderam velas. — Vamos pôr toalhas limpas. — E puseram toalhas limpas. — Vamos colocar pratos e talheres. — E colocaram os pratos e os talheres. E os guardanapos. E as taças de pé azul. E destamparam a *sosenga*, e os bolinhos, e o guisado de carne, e os miúdos fritos. Afastaram-se e admiraram com orgulho a mesa posta. E Joana, com um sorriso cavernoso e sem dentes na boca, murmurou:

— Está na hora.

As mulheres emitiram guinchos baixinho e bateram palmas sem fazer som. Ficaram em fila e saíram. Atravessaram a entrada como lagartas. Uma atrás da outra. Era uma comitiva ansiosa que subia a escada olhando para cima. A Joana à frente, depois a Dolça, a Elisabet, a Blanca e a Àngela. Chegaram à sala. Enfiaram-se no quarto, onde a Margarida as esperava. Fizeram uma roda em volta da cama, no escuro. A chuva repicava ensurdecedora, como tambores, em cima do telhado. As mulheres cochichavam agitadas. A Margarida fazia, "Psssiu!", resignada. A Bernadeta era uma mancha negra que roncava. O ronco era nasal, mortiço e áspero. Umas riram baixinho, pela comicidade que os roncos têm às vezes. Caiu outro raio. A luz branca iluminou a cama, a velha que ali dormia, com as pálpebras fechadas e o rosto tranquilo, como se soubesse para onde ia. E o trovão reverberou, contínuo, gutural e imenso, como se fosse dentro da casa. Depois a escuridão voltou, e só se ouvia o som da água. A Bernadeta não roncava mais. Esticou o queixo. Ergueu as sobrancelhas. Entreabriu os lábios. E as mulheres em volta da cama se deram as mãos.

NOTA DA AUTORA

Muitos dos contos e lendas que aparecem no livro, entre eles "L'herba dels pets", "Els tres germans ganduls" e "L'home que va donar-se al dimoni" — também intitulado "Els tres dimonis" —, encontrei nos livros *Folklore del Lluçanès*, de Josep M. Vilarmau i Cabanes, e *El folklore de Rupit i Pruit*, ambas as edições aos cuidados do Grup de Recerca Folklòrica d'Osona (Jaume Aiats i Abeyà, Ignasi Roviró i Alemany, e Xavier Roviró i Alemany). Li pela primeira vez o conto "L'hostal de la Lletja" (no qual uma mulher consegue romper um pacto com o demônio porque seu marido não tinha um dedo mindinho no pé) em *Montseny. Històries i llegendes*, de Xavier Roviró i Alemany. Para aprofundar o imaginário das Guilleries, foram de grande ajuda, entre outros, *Històries de les Guilleries*, do mesmo autor, assim como o artigo "Les Guilleries. Terra de refugi", de Josep Tarrés i Turon. Para construir o personagem de Clavell e seu bando, consultei, entre outros, *Serrallonga, el bandoler llegendari català*, de Xavier Roviró i Alemany, *Proceso instruido contra Juan Sala y Serrallonga, lladre de pas (salteador de caminos), estractado en su parte más interesante*, de Juan Cortada, *Joan Serrallonga: Vida i mite del famós bandoler*, de Joan Reglà e Joan Fuster, *Serrallonga. El bandoler, les seves dones i la justícia*, de Isabel Graupera e Lluís Burillo, e o blog *Serrallonga 1640*. Para trabalhar o personagem de Miquel Paracolls de Malla, foi imprescindível a documentação que o Arxiu i Biblioteca Episcopal de Vic me forneceu.

Para investigar a figura do demônio, o pacto e a descida ao inferno de Margarida, foram de muita ajuda, entre outros, *El diable és català*, de Sylvia Lagarda Mata, o projeto *El simbolisme del pacte amb el dimoni en les llegendes catalanes. Una mostra de transmissió ideològica en l'imaginari català*, de Pilar Juanhuix Tarrés, *Dimonis. Apunts de Jacint Verdaguer a la Casa d'Oració*, editado por Enric Casasses, assim como *Visio Tnugdali*, atribuída ao irmão Marcus, ou as descrições do inferno feitas por Josefa Menéndez em *Un Appel à l'Amour*.

O personagem Pântano é inspirado nos textos de Félix Jurado *Memorias de un niño de la guerra (1936-1939) escritas cuando me jubilé. Dedicadas a la madre de mis hijos, Lucía Escobar Fernández*, aos quais cheguei graças ao livro *Història de la construcció del Pantà de Sau*, de Joan Lagunas. Os versos que o Feio recita para Dolça são de um poema atribuído a Ramon Vila Capdevila, Caracremada.

Quanto à maioria das receitas, apoiei-me nos receituários *Llibre de Sent Soví* (ou *Llibre de totes maneres de potatges de menjar*) e *Llibre del Coch* (ou *Llibre de doctrina per a ben servir, de tallar y del art de coch ço es de qualsevol manera, potatges y salses compost per lo diligent mestre Robert coch del Serenissimo senyor Don Ferrando Rey de Napols*).

E, para terminar, não poderia deixar de citar, entre outros, o artigo "Llevadores, guaridores i fetilleres. Exemples de sabers i pràctiques femenines a la Catalunya medieval", de Teresa Vinyoles i Vidal e Pau Castell Granados, o artigo "Festes i 'alegries' baixmedievals", de Teresa Vinyoles i Vidal, assim como a tese de doutorado *Orígens i evolució de la cacera de bruixes a Catalunya (segles XV-XVI)*, de Pau Castell Granados, o livro *El llop i els humans: Passat i present a Catalunya*, de Josep Maria Massip i Gibert,

The Magical Universe: Everyday Ritual and Magic in Pre-Modern Europe, de Stephen Wilson, *Les arrels llegendàries de Catalunya*, de Xavier Fàbregas, "Collformich: Relació històrica dels successos ocorreguts des del dia 8 al 11 de gener de 1874, amb motiu de l'entrada dels carlins a Vic", que foi publicado anonimamente, mas é tido como obra de Mn. Josep Gudiol i Cunill, e *Emboscats: La guerra dels que no hi van anar*, de Esther Miralles.

AGRADECIMENTOS

Agradeço infinitamente a Oscar Holloway, Mikel Aboitiz, Marta Garolera, Jan Ferrarons i Llagostera, Nil Prats, Xavier Roviró i Alemany, Mercè Sáez, Francesc Solà, Joan Sáez, Isabel Obiols, Silvia Sesé, Marina Penalva, María Lynch, Mara Faye Lethem, Alexandra Laudo, Lluís Bassaganya, Isa Basset, Jordi Coma, Nadina Latorre, Cristina Oliver, Ignasi Roviró, Jaume Coll, Jaume Coll pai, Maria Mariné, Sebastien Roueche, Albert Grabulosa, Paula Fonollà, Cristina Grau, Gerard Canals Puigvendrelló, Aina Orriols, Àngels Rovira, Francesca Rizzi, Concepció Garcia, Ricard Dilmé i Burjats, Krisztina Nemes, Clara Cortadelles, Martí Sancliment, Mercè Paracolls, Rosa Maria Paracolls, Rafel Ginebra i Molins, Pol Serrahima, Joan Pastoret, Josep Serra, Pau Cardellach, Pius Pujades, Montse Cordero, Nicolás Gaviria, família Pérez-Izquierdo.

Este romance recebeu uma das Ajudes a la Creació Literària de la Generalitat 2020 e contou com o apoio das bolsas Premis Barcelona 2020 da prefeitura da cidade.

Enquanto escrevia este livro, fui escritora residente do Alan Cheuse International Writers Center da Universidade George Mason (Virginia), do programa Writers Art Omi-Ledig House (Nova York), da residência Faberllull (Olot), da Santa Maddalena Foundation (Toscana) e da Residència Literària Finestres (Palamós). A todas essas iniciativas, e a todos aqueles que delas fazem parte e as tornam possíveis, obrigada.

tipologia Abril
papel Pólen Natural 70g
impresso por Loyola para Mundaréu
São Paulo, março de 2025